穿山甲

李青松 著

河南人民出版社

目 录

第一章　鸟兽物语

猛禽　/ 002

鸟道　/ 016

乌梁素海　/ 036

一匹穿山甲　/ 060

乌鸦　/ 072

乌贼之贼　/ 087

目录

第二章　草木华滋

木之极致　／096

苔藓笔记　／101

木榨茶油　／105

首草有约　／114

箭毒木　／136

目录

第三章　风物人家

第九户人家　/ 150

牙香街　/ 162

梁衡的小院　/ 193

普洱茶人　/ 198

岩三永家的茶　/ 203

睢水留白　/ 206

目录

第四章 果香四溢

塘源口猕猴桃 / 214

碛口枣事 / 221

常山胡柚 / 232

蓝莓谷 / 237

黔之刺梨 / 242

第一章 鸟兽物语

猛 禽

或许,猛禽的某些品格正是人类自身所缺少的。

我们这个时代,多一点威猛和刚烈的东西,没有什么坏处,别让理智毁灭了激情。

有的时候,有的场合,人还不如鸟。

一

正是北方的深秋季节。

一个黑点在高高的空中滑动。渐渐,那黑点由模糊到清晰,由一个逗号变成了一朵云。对于鸟们或者兔子来说,那朵云便是恐怖的信号——鹰来啦!

谁家的鸡也意识到了危险,拼命奔逃着,一头扎进了附近的谷垛里。直到危险消除，才敢小心谨慎地露出头来。

鹰实在是太厉害了，它那双大大的向前直视的眼睛和吓人的钩嘴，是它常常捕猎成功的秘密所在。鹰眼极其锐利，清晰度是人眼的8倍，所以即便在高空飞翔，地面上的一切也会尽收眼底。而那钩嘴则只是在撕食猎物时发挥作用。

爪子是鹰捕猎时的重要工具。在湖面的上空，鹰如果发现水里的鱼，它便立刻俯冲下去，用它那副长爪把鱼从水中提起抓走。

在故乡的山谷里、湖岸边，我常常意外地拾到一些鹰剩，那些鹰剩有的是被鹰挖去眼睛的野兔，有的是肉被吃得光光的野鸡骨架子，或是被掏空内脏的又肥又大的草鱼。

乡下的日子是拮据而清苦的，每有鹰剩提回家去，总是件令全家人高兴的事情。若是野兔，母亲就用开水将毛褪得干干净净，然后用菜刀连肉带骨头一起剁成末末，再加进大量雪里蕻咸菜，入锅炒熟，盛到坛子里，足够我们吃一冬天的了。若是草鱼呢，母亲就用刀背把鱼骨捣烂，然后入锅用文火慢慢地熬，约小半天的时间，出锅冷却，水晶一样的鱼冻就算熬成了。

爹最爱吃妈熬的鹰剩鱼冻，他说那是下酒的上等美味。于是就唤我去村东头的孙寡妇的小卖部打酒。有一次，我看见孙寡妇趁人不注意，往酒坛里兑了一瓢凉水。我明明看见了，却没有给她说破。

我把酒提回家,说:"这酒里可能有水。"爹说:"是吗?我看看。"爹往碗里倒了一些酒,然后用划燃的火柴往酒里一点,酒"噗"的一声就燃出蓝色的火苗,而碗边却滋滋地响个不停。爹说:"不碍事,还是酒比水多。"

爹把妈端上来的鱼冻用筷子夹给我一块:"吃噢!"我把鱼冻含在嘴里,不忍咀嚼,为的是能让那美味在嘴里多停留些时间。

唉,在那困苦的岁月里,因之鹰剩,我们的生活也多了一些盼头。放学回家帮大人们忙完一天的农活,我就坐在山坡的高处,两眼直盯住空中的苍鹰,一见它向什么地方俯冲,就提着篮子拼命向那里狂奔,跑到跟前,把鹰赶走拾起鹰剩,然后用篮子罩住脑袋就往家跑。

爹说,鹰攻击人时总是先抓眼睛。我怕鹰反扑抢它的食物,就想出这个办法保护自己。爹看到我这个样子哈哈大笑:"小子,有种!"

二

鹰擒兔的场面极其惊心动魄。那是个响晴的天，我正在山崖上寻找三天未归的山羊，却见一片云影在眼前滑来滑去。抬头一看，是只觅食的鹰。顷刻，那只鹰兴奋得哇哇直叫，原来它发现了山崖下牧场上的一只野兔。这时野兔也发现了空中的鹰，吓得大耳直竖，兔子飞腿打个垫步，纵身就跑。

鹰哪里肯放过就要到嘴的猎物？耆的一声，俯冲下来，扑哧一翅，就把兔子打个趔趄。兔子翻滚着爬起来，又拼命奔逃，鹰再次俯冲，咬住兔子的头部，又是一翅，接连几下就把兔子扇得晕头转向。鹰看时机已到，流星奔月般扑向兔子，一爪抓住兔子的后背，锋利如钢的爪子深深扣进兔子的皮肉。兔子略一扭头，鹰伸出铁钩似的嘴，啄瞎了兔子的双眼，兔子哀鸣数声，四腿乱蹬……

生命的目标是食物，吃或者被吃——这就是大自然的法则。

我被眼前的一切惊呆了，哪里还顾得上拾鹰剩。

鹰虽骁勇，但遇上狡兔，鹿死谁手就很难说了。久经沙场的狡兔，面对骄横的鹰常常表现得镇定自若，在鹰扑来的一刹那，它就势一滚，腹部朝天，四腿收缩，然后后腿猛力一蹬，就能把鹰的嗉子蹬裂。嗉子是鹰的食囊，鹰受到致命的一击，疼痛难忍，惨叫一声，带着一股疾风，钻上云天，少顷，一个倒栽葱，"噗"的一声便摔死在地上。

兔子蹬鹰的故事不知被老辈子人讲述多少遍了。不过，若是赤手空拳的人被猛禽啄住身体的某个部位该怎么办呢？若干年前，我曾读过奥地利作家卡夫卡专门写的一段有关猛禽的文字，原文找不到了，但大意我还记得：

一只猛禽啄住了卡夫卡的双脚，鞋子和袜子都被那只猛禽啄破了。一位猎人从这里经过，说："你为什么不把它赶走？"卡夫卡说："这猛禽力气太大，我赶不走它。"猎人说："这好办，只要一枪就能把它结果。"卡夫卡说："求你帮帮忙。"猎人说："我回家取枪，你再坚持一会儿。"等了半晌，猎人也没有来，情急之时，卡夫卡的脚上喷出一股鲜血把那只猛禽呛死了。

起初，我并没有读懂那段文字，后来终于弄明白了——鲜血是卡夫卡最后的武器，这是生命的强光中不可摧毁的东西。

再说鹰剩。

那次，我到山谷中拾鹰剩，结果鹰剩没有拾到，倒是拾回一只鹰。那鹰的双翅折断了，嗉子也被挑开了，浑身是血迹和泥巴。可见，鹰一定是遇见了劲敌，经历了一番鏖战，不然就是另外一种结果了。

《龟兔赛跑》是大家熟悉的童话，可是，在生物圈的链条上，很难想象鹰与龟之间有什么联系。一位湖南朋友却告诉我，鹰与龟斗法，十有八九被降服者是鹰。在湘南的大山深处，有一种白龟个体仅有五百克左右，壳硬如铁，尾坚如锯，一遇上危险情况，就把头缩入壳内，一动不动。当鹰在山谷中飞翔觅食时，白龟即放出奇特的腥臊气味，鹰一闻到这种气味，便兴奋不已，于是一头冲下来，用利嘴向龟乱啄。当它啄到龟头处，龟即用利嘴迅速钳住鹰的坚喙，任凭鹰怎样挣扎也抽不出来，无奈，只好带着乌龟一起飞向天空。在空中，鹰边飞边甩，而龟则弯转坚利的长尾向鹰腹猛刺，鹰受伤后越飞越低，最后，跌落地上。这时，龟便用长锯尾把鹰的头颈锯断，再把翅和脚爪锯下，然后一块一块地吞进肚子里。

鹰肉是龟的美味。而爹说："鹰肉是不能吃的。"爹把我拎回的那只鹰扔到柴火垛上说："老鼠、蛇、蚯蚓，还有死人都是鹰的食物，谁知道这只鹰吃没吃过死人？"

"吃死人？"我的喉管里像是有一只苍蝇在那儿蠕动，胃里的东西直向上拱，终于还是没有吐出来。

爹说："西藏的天藏就是把死人扔在山里喂鹰，鹰吃了死人肉后飞走，就把人的灵魂带到天国去了。"爹仅识几个字，但见识却蛮宽的。爹是个木匠，在乡下，木匠是相当受人尊敬的手艺人。

"哦哦……"立时,我感到那鹰简直是不可思议的怪物,只觉得一股恐惧的凉气向我袭来。

"走,把它埋掉。"爹拎着那只鹰扛着铁锹头里走,我怯怯地跟在后面,脑子里尽是些可怕的想法。从此,我再也不去山谷里或湖岸边拾鹰剩了。

次年春天,埋鹰的地方长出两株挺拔的向日葵。远远望去,墨绿墨绿的叶子就像鹰的翅膀。

三

不拾鹰剩了,但"老鹰捉小鸡"的游戏还是常玩的。据说,这种游戏是满族儿童模拟老鹰捕捉小鸡的各种动作编排的。

前些年,我回东北老家探亲,见这种古老的游戏仍在民间流传:

场院里一大群孩子在孩子头的吆喝之下列成一队,后者扯着前者的衣边,排头的扮成"大鸡",其余的都扮成"小鸡"。队外那孩子头扮成"老鹰"。游戏开始,老鹰抖动双臂,作振翅状,然后小鸡与老鹰相互问答。

小鸡:"大哥大哥你干啥呀?"

老鹰:"找猫呢。"

小鸡:"找猫干啥呀?"

老鹰:"猫把锅台后的猪腿叼走啦!猫呢?"

小鸡:"猫上树啦!"

老鹰:"树呢?"

小鸡:"树叫火烧了。"

老鹰:"火呢?"

小鸡:"火叫水泼啦!"

老鹰:"水呢?"

小鸡:"水叫牛喝了。"

老鹰:"牛呢?"

小鸡:"牛上天啦!"

老鹰:"天呢?"

小鸡:"天塌啦!"

老鹰:"好啊,那就抓你吧!"

说到这儿,"老鹰"开始抓"小鸡",大鸡便张臂阻拦保护"小鸡","小鸡"随之躲闪,而狡猾的"老鹰"总是能寻找机会穿过阻拦的防线,抓住队尾的"小鸡",捉住后作吃状,然后再抓,如此这般直至抓完吃到"小鸡"为止。

这虽然是个游戏,但却从另一面反映出满族文化中鹰崇拜的影子。

看着孩子们的游戏玩耍,我仿佛又回到天真烂漫的童年,终于也张开双臂加入到孩子们的队伍中去……

一方水土一方人。鹰的许多品质已融入北方民族的性格中——勇敢、强悍、刚烈、进击、向上……对我们的孩子从小就培养这种品质,无疑具有积极的意义。

或许,现代社会的孩子们缺少的正是这些可贵的东西。

四

鹰是威猛的,而人所具有的不单单是威猛。

八月松花冻,

家家打角鹰。

山边张密网,

树底系长绳。

"打鹰"即是捕鹰。每年8月开始,至12月,是北方满族人捕鹰的季节。我们村里的张三炮不但枪打得准，捕鹰也是一把好手。他在距鹰经常栖息的大树五六米的地方，掘一土坑，人潜伏在里面。当月朗星稀之夜，树上的鹰昏昏欲睡。张三炮便将点燃的一支老旱烟，深深吸一口，抖动一下，鹰见火光，骇然惊醒，环眼暴睁，张三炮已将烟头捂在手里。鹰见没有什么动静，就又进入梦乡，未及睡熟，张三炮又抖动一下烟头，鹰复惊醒，不能入睡。如此这般，把鹰搅扰得整夜不得安宁，万分恼怒。

张三炮见东方天际已露出鱼肚白，便把腿上系着绳子的公鸡撒将出去。怒火满腔的鹰误以为这一夜的好梦未能做成，都是这只公鸡搅扰的。它双翅一抖，唰的一声向鸡扑去，哪知这一扑正中了张三炮的计——他早在那儿布设了一张丝网。

当然，张三炮捕鹰并非为了食鹰肉，而是通过一系列过程把它驯化成猎鹰。大雪封山的日子，张三炮只要挥挥手，猎鹰就把下酒的野味顷刻间搞来了。

猎鹰又是飞机的卫士。机场跑道附近总是有许多飞鸟，它们对飞机的起降构成了严重威胁，因为它们很容易被飞机的发动机吸进去。早在一百多年前，人类就开始驯化猎鹰解决这个难题。猎鹰的攻击性和威慑力量足以使其他鸟类远离机场。

鹰能干的事情可真不少。

五

鹰中之王当属海东青。

《柳边纪略》载:海东青者,鹰品之最贵者也,纯白为上品,白而杂他毛者次之,灰色者又次之。

《三朝北盟会编》曰:"海东青沍者,出五国,五国之东接大海,自海东而来者,谓之海东青。"这里的五国实际上就是俄罗斯远东地区的哈巴罗夫斯克一带。海东青虽然身体娇小,但却俊健,生性十分凶猛。

《幽明录》中记载着这样一个神奇动听的故事:

楚文王少时雅好田猎,尽收天下快狗名鹰。一日,有人献海东青一只。顷刻,云际有一物,凝翔飘摇,呈现白色。海东青见之,即刻振翅高飞,直上云霄。须臾,羽落如雪,血落如雨,一大鸟堕地。鸟翅展开达数十里,喙边有黄。经博物君子辨认,为大鹏之雏。

这个故事的本意说的并不是雏鹏之大,而是以反衬的手法赞美海东青搏击长空的神功。

金代女真贵族也视海东青为珍贵之物,凡是流放到东北边远地区的犯人,谁能捕猎海东青不仅可以赎罪,并能获得重金。清朝统一中国之后,清廷在宁古塔设鹰把式十八人专事捕鹰活动,所猎之鹰一律呈进朝廷。

《大清会典事例》记载:"顺治十八年议准,凡鹰户投充新丁,有交海东青者,每架可折银三十两,另赏银十两,毛青布二十匹;而交普通鹰者,一等鹰每架折银十五两,二等鹰十两,三等鹰五两,四等鹰和体长尺余、只捕小鸟的鹞子,折银仅一两。"

辽东、黑龙江一带是呈进海东青的主要产区,其他地方鹰户捕海东青,皇帝也谕令照例赏赐。

每当秋高气爽,禽兽肥美之时,康熙皇帝总要到木兰,行围射猎。

在上万人的狩猎队伍中,鹰手们挽弓架鹰,威风凛凛,场面极为壮观。"欧嗬嗬——"八旗官兵齐声呐喊,康熙皇帝引弓射猎,鹰隼出去必有所擒。

康熙皇帝很有一手,实际上他是借围猎来搞声势浩大的军事演习。这样,既可以震慑边关的外敌,又可在体魄上和精神上强健大清帝国的八旗官兵。

然而,若干年后,木兰围场鲜见那种万人围猎的壮观场面。荒草凄迷,月落乌啼,康熙的子孙们渐渐冷落了威猛的海东青和那些强悍的鹰。因为,此时他们已被一种叫罂粟的东西整日弄得有气无力,病恹恹了。

六

沙漠里不长罂粟,沙漠里有骆驼和石油。

不知从什么时候起,世界各地的猛禽都在向中东的沙漠地区汇集。不是它们自己飞去的,而是被走私者用皮囊和背袋偷运到那里的。

1994年10月至12月间,北京机场海关就先后截获八批九十二只海东青。我去新疆采访了解到,在南疆的一些旅馆里几乎有一半的旅客是巴基斯坦人。他们长住这里,专干一些非法收购鹰隼的勾当。当地不法分子同境外的走私者秘密勾结。捕猎走私活动已经达到相当猖獗的程度。

哈萨克斯坦也是鹰隼的重要产地,俄罗斯的黑手党早在几年前就盯上了那里的猛禽。他们采用暴力手段将哈萨克斯坦一个保护区的400余只猛禽一夜之间掠走一空。

中东地区拥有全世界最大的猛禽消费市场,仅在卡塔尔从事鹰隼驯养和狩猎的人就不下五万人。

周末或假日,卡塔尔人去沙漠里猎鹰成为一种时尚。石油巨豪们为了弄到一只好的鹰隼是绝不吝惜金钱的,一旦到手的鹰隼精神不振,身体不爽,他们会放下手头一切要紧的事情,包专机去海湾国家最好的医院给那些宝贝医病。

猛禽，幸耶？悲耶？

城市在一天一天地膨胀，乡村在一步一步地向山野退去。拥挤的高楼把天空切割成碎片，柏油路上的嘈杂和喧哗赶走了淳朴和宁静。

"鹰来啦！鹰来啦！"

这样的喊声还能惊动那些孱弱的生命吗？

那天，我在京郊的荒野中徜徉，多么祈盼能有那熟悉的翅膀滑进我的视野。

然而，天空中连根羽毛也没有，灰蒙蒙的天空中除了污浊还是污浊。

这个世界美丽得目不暇接。

这个世界残酷得令人震惊。

猛禽，你带着搏击长空的猛志潜隐山林了吗？

一个声音说："我不知道！我不知道！"

鸟　道

来不过九月九，飞不过三月三。

——巍山民谚

一

当鸟醒来的时候，森林就醒了。

这是一个寒凉的早晨，我带着一支小分队在巍山的林子中穿行，深一脚，浅一脚，沿着意外横生的林间小道。我们是清晨从管护站出发的，出发时未见天气异常，走着走着，忽然就下起雨，接着就雾气弥漫了。

细雨和浓雾打湿了衣衫，发梢及鬓角有水向下滴落，也不知是汗水，还是雨水。七拐八拐，湿漉漉的林间小道归入一条蜿蜒的湿漉漉的古道。虽然脚步沉重,但脚下的古道却令我们兴奋,那是当年徐霞客走过的路,那是当年驮着普洱茶的马帮走过的路。磨光的石头路面上,泛着幽幽的光,深深的臼形马蹄窝里尽是传奇。

　　古道旁边是高大的松树,间或经年的松针和破了壳的松果跌满路面。松树下的菌子很多,松鼠在树上蹿来蹿去。松林里弥漫着一种松脂、腐殖层和菌子混合的气息,令人神清气爽。我随手摘下一枚松针,用手搓了搓,然后放在鼻孔前,尽情地吸着那浓郁的松香的气味,倏忽间,那种感觉又勾起了我记忆深处的某种东西。

　　是啊,现代文明夺走了我们对气味的敏感性。我们适应了汽车的尾气,适应了工业废气,反而对泥土的气味,草木的气味渐渐生疏了,我们对时令变化的感觉越来越迟钝了。

　　变化莫测的古道总是在前面故意丢下一些诱惑,把我们往高处引。行走相当艰难,说是在行走,实际上我们是在攀爬一座高山。只不过,一切都被这座猛恶的林子遮挡了,视线之内全是高高低低的树木。森林是以华山松为主的针叶林,树龄约在三十年之上了。间有旱冬瓜阔叶树,也有楠竹、箭竹、野山茶、厚皮香等竹子和灌木。灌丛中毛蕨菜多得很,一丛一丛,密不透风。密林深处,偶有惊悚的鸟叫传来,弄得人心里一颤一颤的。

这是险象环生的一段茶马古道,垭口,古称隆庆关。

康熙年间的《蒙化府志》(古时,巍山被称为蒙化)记载:"隆庆关在府城东,高出云表,西有沙塘哨,望城郭如聚,东有石佛哨,西山如峡,八郡咽喉。"这段文字寥寥数语,却把隆庆关的地理位置、险要程度及所处的地位和所起的作用,描绘得清清楚楚。

"猛恶"一词用在这里一点不过。据说,旧时这里黑魆魆的大树后面常有剪径客跳出,干些杀人越货的勾当。马帮掉队的,往往就成了剪径客的目标。剪径客瞄准的毕竟只是单个的货物,一般来说,舍点钱财,对整个马帮来说并无大碍。可是,如果遇上了一绺子杀人不眨眼的土匪的话,可就没那么简单了。货物和钱财被洗劫不说,整个马帮被屠戮也是说不准的事。

在巍山,隆庆关是凶险的代名词,就像武松未除害之前大虫出没的景阳冈。

向导告诉我,从前在巍山,人跟人吵架吵得不可开交,或者做事发横寸步不让的时候,就会有人说:"你狠就到隆庆关站起嘛!"

向导是管护站的一名护林员,彝族汉子,绰号"野猫"。每天在山林里巡护,"野猫"熟悉这里的一草一木。他身穿迷彩服,头戴迷彩帽,黝黑的脸膛儿透着憨厚和淳朴。"野猫"家住在山下的村里，小时候就是捕鸟的高手，后来看了一部电影，就醒悟了，就再也不干捕鸟的勾当了。

我问："那部电影叫什么？"

向导"野猫"："是一部纪录片叫《迁徙的鸟》，好像是一个法国人拍的。"

我说："对，导演叫雅克·贝汉。那部电影我也喜欢。"

"噗噗噗！"向导"野猫"用双手做着鸟飞翔时翅膀扇动的动作说，"电影里的空气像是被鸟切开了一样。"

"是啊，雅克·贝汉是一位了不起的大导演。"忽然间，树干上的爪痕引起我的注意，"林子里都有什么动物？"

向导"野猫"："豹子、林麝、野猪常在林子里出没，猞猁爬树最厉害。"

一听向导"野猫"说林子里有豹子、野猪，大家就有些紧张，眼睛不由自主地就往两边的树丛里打探，唯恐跳出一匹豹子或者别的什么猛兽，把自己叼走，脚步便有些急促了。

尽管队伍阵型有些散乱，人人腰酸腿软，汗水横流，但没一个人掉队。我们目标明确，信念坚定，什么也动摇不了我们前行的脚步，经过艰难的攀爬，及至晌午时分，我们到达了目的地——准确地说是登临了目的地，那是一个神秘的所在，令我瞪大惊诧的眼睛。

二

那是一座奇崛的垭口。

海拔两千六百米,远看垭口高过云表,两端陡峭,隘口处可谓一夫当道万夫莫过。右侧是一座破败的石坊,名曰"路神庙",庙旁边赫然矗立着一块长条石碑,碑上刻着四个大字:鸟道雄关。

所立石碑距今已有五百年的历史了。向导"野猫"说,碑宽五尺一,高二尺一,厚三寸。他的粗糙的手指就是标尺,那碑已被他量过无数遍了。据说,那四个字为明万历年间某位文人题写,可惜,其姓名已无从查考了。估计,也不是等闲之辈。向导"野猫"指着石臼状的深深的马蹄窝说,当年出关进关的马帮,马蹄必踩这个蹄窝,不踩,马匹就过不去。我仔细看了看,还真是。不难想象,当年马帮行走至此是何等谨慎和小心呀!

史料载道,这里是昆明由弥渡进入巍山,直通滇南而达缅甸的古道关隘。历史上,此处是滇西古驿道的必经之路,商贾、脚夫、货郎、马帮通过此关进入蒙化(巍山),往思茅,去西双版纳。往西呢,也可抵保山达芒市、瑞丽而后入缅甸。

南诏时期,唐朝派出的官吏,就是从此关入南诏的。明代徐霞客也是过此关入蒙化的。"鸟道雄关"所在的山唤作达鹰山,这是前些年改的名,原名叫打鹰山。

有专家考证,这是地球上迄今发现的最早的有明确文字记载的鸟道。此处既是古代马帮通行的地面道路,也是候鸟通行的空中道路,是人道与鸟道的巧合,是一个空间与另一个空间的相叠。

巍山县林业局的干部危有信告诉我,每到中秋时节,有成千上万只候鸟从这里经过,越过哀牢山脉,到缅甸、印度、马来西亚半岛等地去越冬了。而每年飞经这里的候鸟有数百种,常见的有天鹅、鹭鸶、长嘴滨鹬、白鹤、海鸥、大雁、黄莺、斑鸠、画眉、喜鹊、鹦鹉、海雕等等。他说,能叫上名字的,只是一少部分,更多的是叫不出名字的。

日本鸟类专家尾崎清明来此考察后惊叹:"我从事鸟类研究工作多年,到过世界上许多国家,从未见过如此奇观。"

碑上的字为繁体字。"鸟"字颇有意味,头上的一撇被刻意雕成了一只鸟和一把刀的形状。繁体字的"鸟",下面应该有四个"点",但碑上的"鸟"字只有三个"点"。也许,这是古人在提醒后人,要注意保护鸟,否则,鸟会越来越少吧。

候鸟迁徙是一种自然现象。

当地民谚:"来不过九月九,飞不过三月三。"

候鸟的迁徙是一场生命的拼搏和延续,迁徙体现了鸟类坚定的意志。候鸟的迁徙虽危机重重，但却从未间断。为了履行那个归来的承诺，候鸟坚持飞向那遥远而危险的地方。飞翔，飞翔，飞翔，不停地飞翔，只有一个目标——为生存而献出生命。当春天来了的时候，候鸟们开始展翅启程，飞往出生地，有些是不舍昼夜的急行军，有些则是分阶段的，一程又一程，朝遥远的目的地奋力疾飞。

候鸟以太阳和星星来辨别方向，对地球磁场如同罗盘般的敏感，始终如一地在不同纬度间穿梭飞行。它们经历着时间和空间的演进，它们看着花开花落，经历着生老病死，它们俯瞰着地球，呼吸着地球每一寸肌肤散发出来的气息。

它们生命的全部意义就在于飞翔和迁徙。

飞翔在体现候鸟生命存在的同时，也给了它们生命的目标，不畏严寒不畏风暴，无论白天还是黑夜永不停歇，即便是短暂地歇歇脚，也是为了更好地前行。沿途的美景不重要，重要的是目标和承诺。从寒冷的极地到炎热的沙漠，从深邃的低谷到万米高空，候鸟在迁徙的过程中，面对各种艰难环境和人类的贪婪，表现出了惊人的勇气、胆略、智慧和情感。

经过千辛万苦，到达目的地之后，候鸟便筑巢产卵，哺育后代，延续生命。不久，小鸟诞生了，随着时间的推移，新生命将跟随父母进行一生中的第一次迁徙。幼鸟才刚刚学会飞行，就要启程前往热带地区,没有预习也无须探路,便能惊人地抵达数千里外的目的地。

迁徙是候鸟关于回归的承诺,而它们却要付出几乎是生命的代价。周而复始,矢志不渝。

那个永恒的主题还在继续——迁徙,迁徙,迁徙。

鸟类自身虽然拥有看清云层活动的锐利的"气象眼",但风暴和浓雾等糟糕的天气现象,常常干扰它们的分辨力,使得航向选择发生局部错乱,往往被光源所吸引而迷失方向。

中秋节前后,"鸟道雄关"常出现"鸟吊山"的奇景。

由于"鸟道雄关"特殊的地理位置,使得冷暖气流在此交会,形成浓雾缭绕现象。夜晚,雾气更是浓重,甚至遮住了月亮星辰,湿漉漉的,空气中都是水。候鸟至此,分不清路线,不得不停留下来。所有的鸟都涌向那个狭窄的隘口,它们互相碰撞,发出各种婉转凄切的叫声。此时,当地村民用竹竿击打,不消两三个时辰,即可捕获一两麻袋的鸟,俗称"打雾露雀"。

鸟类趋光现象,至今科学家没有给出合理的解释。

不单单是"鸟道雄关",在整个哀牢山地区"鸟扑光"的事情屡屡发生。据说,20世纪70年代,一猎人在山中打猎,夜宿山林,生火取暖时,突然间有大量鸟俯冲下来,扑入火堆,活活烧死。猎人认为这是凶兆。他不知所措,惶惶然,逃下山去。

1958年,大理北边鸟吊山脚下有一座木棚失火,恰好那是一个无月有雾的夜晚,熊熊大火映红了夜空。霎时,引来无数的鸟,鸟群在火光附近扑棱飞翔。赶来救火的人,这才猛然想起,这座山为什么叫鸟吊山了。从此,每年秋天都有人来燃篝火打鸟,曾有人创造了一夜打的鸟装了八麻袋的纪录。人背不动,是用四匹骡子驮下山的。

我在哀牢山走动时,一位司机告诉我,二十年前,他开"解放牌"大卡车跑运输,翻越一个叫金山垭口的地方,停车解手,卡车的大灯开着,一片雪亮。他背对卡车解手,噗噗噗,痛快至极。就在他习惯性地抖了抖最后几滴时,听到哐哐一阵乱响,待他转过身来看时,见车灯前撞死的鸟已经堆成了一堆。他足足装了一麻袋,运到县城送朋友了。

当然,用竹竿击打,致使鸟雀直接毙命之法过于残忍,更多的则是布网于鸟堂或者鸟场之上,张网捕鸟。

早年间,当地农民在鸟岭上掘出很多坑,坑口用树枝和茅草遮挡,坑底铺之以树叶或者干草,人藏在坑里,眼睛透过坑口的掩盖物看着空中。坑口之上是一张张网,网前是点燃的松明子或干柴堆,也有点煤气灯、电瓶灯的。夜里,雾气弥漫,看不到星星了,鸟会产生一种错觉,把火光或者灯光当成了黑夜里的光明通道,就纷纷扑来。坑里的人呢,就蹲着,守网待鸟。鸟扑进网里，就有来无回了。

那坑不叫坑，它有一个文雅的名字，叫鸟堂。而把山顶树木砍掉暴露出的林间空地，并且可以张网捕鸟的地方，则叫打鸟场。在南方的很多地方，田是田，地是地，鸟堂是鸟堂，打鸟场是打鸟场。土改时期，当地有分田分地分鸟堂分打鸟场之说．也就是说，鸟堂、打鸟场与田和地一样，都是革命的果实，是农民赖以生存的生产资料。田和地是可以继承的，鸟堂和打鸟场也是可以继承的。

在鸟堂里、在打鸟场上张网捕鸟是流传已久的民间传统。

1988年之前，一些村民一辈子就靠捕鸟为生，一个鸟堂或一个打鸟场就可以养活一家人。"鸟无主，谁捕谁有""鸟是天子送来的礼"，村民把捕鸟看成如同采野果、采菌子一样寻常。

一位老人回忆说："早先，捕鸟之前，乡间有祭天的习俗。听祖辈人说，只有参加了祭天仪式，给上天磕了头的人才能有资格捕鸟。"

打开云南老地图就可看到，茶马古道沿线光是叫"鸟岭""打雀山""打鹰山""鸟吊山"的地名就有三十多处。据粗略估算，早年间，每年被捕获的候鸟都有不菲的数量。

年复一年，亘古不变。

直至《野生动物保护法》颁布，村民像挨了一记闷棍，被敲醒了。捕鸟成了犯法的事情,再也不能捕鸟了。鸟堂、打鸟场被渐渐废弃了。

荒草和苔藓,从废弃的鸟堂里百无聊赖地长出来了。

灌木和芭茅,从废弃的打鸟场上肆意妄为地长出来了。

三

一个秋日的黄昏,当雅克·贝汉注视着一群叫不出名字的候鸟戛然划过巴黎上空的时候,他忽然想飞。他说:"在人类的梦想里,总有一个自由的梦想——像鸟一样自由飞翔的梦想。"我们这些早已在灵魂上折断了翅膀的鸟儿,在某个早晨或午夜,在登上飞机或走出地铁的一瞬间,是否也有一种久违的冲动呢?

每年,全球有数十亿只候鸟在繁殖地与越冬地之间飞翔迁徙。迁徙距离最远的可达两万公里,是地球上最壮观的景象。

候鸟迁徙往往沿着一条固定的路线飞翔。那条固定的路线通常又被称为"候鸟迁徙通道",简称"鸟道"。

地球上共有八条鸟道,其中就有三条经过中国。一条为东线,来自西伯利亚的候鸟沿大陆海岸线南下,至菲律宾和澳大利亚,以躲过寒冷的冬天。一条为西线,候鸟穿越四川盆地、哀牢山山脉和青藏高原山口，进入南亚次大陆和云贵高原越冬。一条为中线，来自蒙古国中东部草原的候鸟经我国内蒙古自治区克什克腾旗沿太行山、吕梁山越过秦岭，经罗霄山脉与雪峰山脉之间的天然通道，往南方或南半球越冬。

鸟在水上飞，

鸟在山上飞，

鸟在树上飞，

鸟在风里飞，

鸟在云里飞，

鸟在梦里飞。

"鸟道雄关"仅仅为西线鸟道上的一个节点，而这个节点却有着至关重要的意义——它是整个西线鸟道的"喉结"。

喉结通畅，鸟道才能通畅；如果喉结出了问题，就有可能导致候鸟迁徙发生大的灾难，后果难以想象。

雅克·贝汉说："人总是在改变，而鸟却从来不。"鸟的眼睛长在两侧，它们实际上看不到前进的方向，但它们飞往目标的信念从未动摇过。人类的眼睛长在前方，但却常常处在迷茫中，找不到前进的方向。

四

浓雾，渐渐被我们甩到了身后，留给了稠密的森林。

从"鸟道雄关"下到管护站，由于出汗过多，口渴得要命。危有信差人找来刚刚采下来的新茶，用火塘上白铁壶里烧得滚烫的山泉水，为每人泡上满满一杯绿茶。我们顾不得斯文了，端起杯子就喝，结果被烫得够呛。有人噗地一下喷出来，咳咳咳，咳嗽不已。我说，不急不急，茶要慢慢品才行呢！

危有信向我介绍说，"鸟道雄关"位于哀牢山北段的五里坡林场境内，这绿茶就是林场的茶园自产的，是原生态的高山云雾茶。我复端起杯子，先闻，后品，再饮……呀呀呀，果然是好茶呀！

在管护站的屋檐下，我们坐在木墩上，围着一张木桌开了一个小型座谈会。

危有信说："管护站于多年前就组建了护林队，队长叫黄学智，1962年生，属虎的。队员除了今天为大家带路的'野猫'，还有六位，他们都在山林里执勤巡护，晚上才能回到管护站。他们的名字分别叫李友平、李家彪、字兴城、李如祥、字朝家、徐礼兵。他们多数是山下村民，自愿爱鸟护鸟，才被招聘来的。工资不高，每月工资才八百元，由县上财政统一解决。"

我说:"工资的确不高,应该增加一些。护林员也要养家。"危有信讲话还是带有一些当地口音的,我担心记错,就叫他把护林员们的名字写在一张纸片上。当危有信把写好名字的纸片递给我时,我惊讶地发现,他的字写得工整、稳健,是标准的行楷呢!

候鸟迁徙季节,队长黄学智和队员们干脆在山顶搭上帐篷,昼夜巡护。让当地村民改变或者彻底放弃传统的捕鸟习惯是一件很难的事情。许多村民农闲时出去打工,候鸟回迁的季节,就追随着候鸟的翅膀回来布置机关了。捕鸟机关被护林员拆除后,就伺机报复。护林员到村里办事遭村民围攻或者追打是常有的事。有的护林员家里的稻田被投了除草剂,导致秋天颗粒无收,甚至,有人往护林员家里抛砖头,砸玻璃。

队长黄学智,眼神里透着机警。他个子不高,长得敦敦实实。他穿的那件汗渍斑斑的红马甲,边角都被刮破挂花了。一看就是个老山里通。他从事护林工作已经有三十七年了。在巡山时曾被兽夹夹中,险些失去一条腿。为了救治一只受伤的鸟,他爬树误碰了马蜂巢,结果马蜂群起攻之。他跳下树逃跑,而发怒了的蜂群并不放过他,疯狂追赶,情急之际,他一头扎进一个水塘里,才算躲过一劫。护林护鸟工作,实际上还是做人的工作,把人看住。黄学智经常提上酒,拎上腊肉,到那些老猎手家里喝酒，与他们交朋友。一边喝酒，一边讲解有关国家法律规定，苦口婆心地劝他们以后不再打鸟。就这样，许多捕鸟人转变成了护鸟人。

1997年9月，国际鸟类研究会议在巍山召开。美国、英国、法国、印度、越南、泰国、印度尼西亚等国家和地区的四十多位鸟类专家参加了会议。会议期间，鸟类专家们还专门到鸟道雄关开展了科学考察活动，并环志候鸟八十八个品种两千五百多只鸟。

"都是为小鸟而来吗？"那些蓝眼睛黄头发白皮肤黑皮肤，操着难以听懂的各国语言的外国专家的到来，令巍山人瞪大惊诧的眼睛。随着外电的报道，"鸟道雄关"一夜之间世界皆知了。

然而，捕鸟人并没有因为"鸟道雄关"的闻名遐迩而收手。

2009年10月，某日凌晨，危有信正在沉睡，一阵急促的电话铃声把他吵醒，是护林员打来的。说"鸟道雄关"附近的山上有人捕鸟，人数众多。护林员制止无效，请求派森林公安干警出警。冒着细雨和大雾，他带领森林公安干警急速赶到现场。好家伙，护林员被围住了，数十束手电筒的亮光照彻夜空。旁边是"咻！咻！咻！"不绝于耳的用竹竿打鸟的声响。

危有信命令森林公安干警分两路包抄，说时迟，那时快，有五名捕鸟人被当场擒住，其余捕鸟人见势不妙，呼啦啦消失在夜幕中。现场泥泞不堪，追捕过程有一名干警摔倒，造成腿部受伤。

　　这次行动收缴了一批竹竿和死鸟，还有数件雨衣、灯具等物。经询问才知晓捕鸟人都是石佛哨村人。危有信陷入沉思，宣传的力度不可谓不大，打击的力度不可谓不小，可为何捕鸟的事情还屡屡发生呢？

　　次日，危有信带领鸟类环志人员来到石佛哨村，把夜里收缴的竹竿、雨衣、灯具等一应放在村委会的木桌上，让村主任通知村民来认领。可是两三个时辰过去了，没有一个人来。村民以为，这是来抓人的。偶尔，有几个孩子在门口缩头探脑地张望。危有信把几个小孩叫进屋，问他们都叫什么名字。说话间，环志人员取出鸟环给随身带来的鸟戴上，然后让每个小家伙摸一摸。危有信说每只小鸟都能吃很多虫子，虫子少了，才能多收粮食。

　　"打鸟好不好？"危有信问。

　　"不好！"几个小家伙异口同声地回答。

　　小家伙们一双双天真的眼睛看着那只小鸟。"来，你们把它放飞了吧。"孩子们手捧着那只小鸟来到院子里，危有信说大家一起倒数五个数："五、四、三、二、一，飞吧！"小鸟呼啦啦飞走了。大家热烈鼓掌。

"回家告诉妈妈,不让爸爸打鸟好不好!"

"好!"孩子们蹦蹦跳跳地离开村委会,回家去了。

到底有没有效果呢?危有信接连几个夜晚上山查访,"鸟道雄关"静悄悄的,一片安宁。

五

"鸟群高声地啼叫激活了漆黑的夜空,那震耳的歌声形成阵阵气流,我在薄雾渐消的黎明,听到了这种吟唱。"这是奥尔森描述的美国苏必利尔荒原夜晚的鸟鸣。

然而,在中国云南的哀牢山,我分明也听到了类似的鸟鸣。尽管相隔万里之遥,但对于鸟的翅膀来说,距离从来就不是问题。

如果说奥尔森从古朴的荒野中找到了一种抵御外界诱惑的定力,一种与天地万物融为一体的安宁的话,那么我在哀牢山鸟鸣中,时而哀婉,时而欢愉的调子里,却感受到了某种复杂的无法准确描述的东西。这就促使我更冷静地思考人与自然到底是一种怎样的关系呢？人该承担起怎样的使命和责任呢？

危有信告诉我，已将"鸟道雄关"申报自然保护区，保护的对象就是此处的山林及其飞经这里的候鸟。巍山县政府颁布了禁捕令，严禁在"鸟道雄关"捕鸟，违者按法律惩处。然而，举凡天下事，从来堵不如疏。可是，如何疏呢？危有信说，准备在"鸟道雄关"建一个观鸟台，开展有组织的观鸟活动。通过观鸟活动拉动乡村生态旅游。山下村民可以搞一些"农家乐"，为观鸟者和游客提供餐饮和住宿服务。让村民参与保护和服务，让村民在保护和服务中获得收益。

"变被动保护为主动保护"，危有信的眼睛眨了几眨说，"当保护候鸟也能使村民的腰包鼓起来，也能买上小汽车，也能盖上新房子的时候，谁还会冒着触犯法律的风险捕鸟呢？"

我无法判定"鸟道雄关"的未来，因为未来不仅仅取决于今天的认识，还有行动和坚守。不过，鸟的翅膀与生态文明的脚步相伴相随，是可以肯定的了。还是让未来告诉未来吧！

尽管地球表面被人类糟蹋得面目全非，但在天空中，鸟类仍然是主角，无论是雪鹅、野鸭，还是大雁，都有自己的尊严。雅克·贝汉说："对我而言，唯一重要的东西就是美好的情感。"还用问吗？雅克·贝汉的美好情感一定在空中，那飞翔的翅膀，已经永留在他的梦里,永留在他的心间。然而,对鸟来说,鸟不会等任何人,它的目标是远方。

稍纵即逝。

稍纵——即逝。

在巍山走动的日子里,我常常被一种淡淡的幽香所吸引、所陶醉。原来,那是幽兰的芳香。巍山人养兰之风始于唐代南诏时期,民间一直有养元旦兰、素馨兰、朱砂兰的传统。朱砂兰被尊为明清的贡品,被称为"圣品兰"。随意走进某个村落,推开半掩的院门,满院的清香就会扑鼻而来,让你无法闪避。

我想,爱兰花的人,也一定热爱生活、热爱生命吧。

由幽兰我又想到了候鸟。是的,当"鸟道"与"人道"相遇之后,人性深处的东西——善,或者恶,就淋漓尽致地呈现出来了。

候鸟,为了生存而艰难迁徙的历程,也许并没有大开大阖的戏剧情节、跌宕起伏的个体命运,有的只是鸟的悲切与顽强,欢乐与不幸。飞翔,飞翔,飞翔。鸟的羽翼在风中闪动,我们似乎能够触摸到风的颗粒了。然而,看得越清楚,内心便越是凄凉了。为鸟?为我们人类自己?此时,这种复杂的心境,连我自己也说不清楚了。或许,今日鸟类的命运,就是明日人类的命运。

在巍山,在巍山的"鸟道雄关",跟随着候鸟飞翔的翅膀,我渐渐发现,与自然之间的接触,与动物之间的感情其实对人类来说始终是一种需要。它让我们感受到生命存在的奇迹,感受到生物之间奇妙的感应和联系。

飞吧!飞吧!飞吧!候鸟。

乌梁素海

一

乌梁素海一定是出了问题。

张长龙从浑浊的水里起出空空的网具,望着黄藻疯长的乌梁素海两眼发呆。鲤鱼没了,草鱼没了,鲇鱼没了,鲢鱼没了,胖头鱼没了,白条鱼没了,王八没了……甚至连顽皮的泥鳅也少见了。张长龙摘掉网眼上的水草,甩了甩上面的水,然后把湿漉漉的散发着腥臭味儿的网具架到木杆上晒起来。唉,如今十天半月也用不上一次网了。他蹲在海子边上,掏出枣木杆儿的白铁烟袋装上几丝圐圙布伦的烟叶子,点燃,吧唧吧唧吧唧,吸上几口,一缕一缕的青烟便向芦苇丛里慢慢散去,散去。栖在芦苇叶上的蚊子们被烟熏得喘不过气来,纷纷逃窜。这几年,乌梁素海里蚊子的个头倒是越来越大了。张长龙心里想,蚊子要是变成鱼就好了。别的鱼没了也就没了,可鲤鱼要是没了,那乌梁素海还是乌梁素海吗?

20世纪80年代之前,乌梁素海每年产鱼都在五百多万公斤以上,光是黄河鲤鱼就占到一半还多哩!往事不堪回首喽!他蹲在架着网具的木杆旁边,眼睛眯成一条线,想着心事。吧唧,吧唧吧唧,吧唧吧唧吧唧,吸了几口烟,吐出一个一个烟圈圈。咳了咳,用粗糙的拇指压了压白铁烟袋锅子里的烟丝,嘴里便哼出了小曲,小曲的调子满是怅然的味道——

乌梁素海的芦苇/一眼望不到边
金黄金黄的大鲤鱼/惊动了呼市包头
临河陕坝/海勃湾乌达/石嘴山宁夏
十个轮轮大卡车一趟一趟地拉

唉,这唱词写的都是早先的乌梁素海了。如今,连一条鲤鱼也捕不到了。鲤鱼是乌梁素海的标志性鱼类,也是反映乌梁素海生态变化的"晴雨表"。如果鲤鱼没了,那乌梁素海一定是出了问题。令张长龙不解的是,鲤鱼虽然没了,可野鸭子、黑鹳、鹈鹕、白琵鹭、红尾滨鹬,还有漂亮的疣鼻天鹅每年春天还是照常飞来,产蛋孵化,繁殖后代。莫非,那些鸟类及漂亮的疣鼻天鹅有极强的抗污染能力?这是个问题。大大的问号,日里夜里挂在张长龙的心尖尖上哩!猛然间,那个问号仿佛拉直了。他心里打了个激灵,似乎意识到了什么。什么呢?乌梁素海的鱼没了,接下来没了的不会是鸟吧?不会是他心尖尖的鸟——疣鼻天鹅吧?不会的,不会的,断断不会的。然而,一个声音却问道:怎么就不会呢?

我不相信,我不相信,我不相信。张长龙讨厌一切与疣鼻天鹅有关的谶语。无论怎样,只要他听到空中滴落的那沙哑的鸣叫,只要他看到水中那漂浮着的倩影,便有一种酥酥的感觉,整个人就兴奋起来了。因之疣鼻天鹅,张长龙的每天多了一份牵挂,也多了一份盼头。

乌梁素海何时能够一天比一天好起来呢?问天?问地?还是问自己?张长龙自己也说不清楚了。

二

乌梁素海在哪里?

看看地图就清楚了。黄河流到了河套段不是呈"几"字型吗?"几"字最上方的"一"横处的左端偏里的地方,就是乌梁素海了。

乌梁素海，蒙古语意为"盛产红柳的地方"。我到乌梁素海时，曾留心观察，却没有发现一棵红柳，芦苇倒是多极了，吃了药一般疯长。乌梁素海是黄河改道的杰作，黄河先是在北边流淌了，不知哪一天却来了脾气，呼地拉了个弧线，往南移了许多。这一移不要紧，在造就了沃野良田的同时，却也丢弃了许多东西。鱼啦，虾啦，王八啦，就不必说了，其中最大的一件东西就是乌梁素海了。好家伙！最初的乌梁素海阔气得很啊！有一百多万亩水面，汪洋一片，甩手无边啊！

黄河真是犟脾气，把这么大的海子说丢弃就丢弃了，从来没有回头寻找过，也从来没有后悔叹过气。是死是活，乌梁素海全凭自己挣蹦了。不过，一切存在必有它的道理。内蒙古河套灌区管理局党委书记告诉我，乌梁素海是黄河流域最大的淡水湖，也是地球上同一纬度最大的自然湿地。乌梁素海对于调节我国内陆气候发挥着重要作用。它的西边，是嚣张的乌兰布和沙漠，有了乌梁素海便如同有了一道绿色屏障，把肆虐的风沙挡在一边。它的东边是高高隆起的阴山，正是因为有了乌梁素海的滋润，阴山的绿色才那么的葱茏。它的北边，是羊群满地的乌拉特草原，正是因为乌梁素海的哺育，草原上的牧歌才格外的悠扬。

然而，偌大的海子里，活蹦乱跳的大鲤鱼怎么说没就没了呢？

张长龙把那杆枣木杆儿的白铁烟袋掖到裤腰里，蹲在海子边上，把手指头伸进水里，却不见手指头。水，黑红黑红，浑啊！

唉，乌梁素海一定是出了问题。

三

张长龙，现年五十八岁，属蛇的，小名叫长龙。鱼是离不开水的，龙呢？龙当然离不开海呀！在属相中，民间有蛇便是小龙之说。小龙也是龙啊！

张长龙现任乌梁素海湿地保护区编外管护员。

张长龙的老家在白洋淀，白洋淀曾是雁翎队打游击的地方。抗日战争时期，在白洋淀的芦苇荡中，雁翎队用"大抬杆"（联排鸟铳）把日本鬼子打得吱哇乱叫，屁滚尿流。张长龙打小就爱听父亲讲那些雁翎队打鬼子的故事，过瘾。

1955年，乌梁素海成立了渔场，当地蒙古族牧民，不识水性，不吃鱼，更不用说会打渔了。于是就从白洋淀迁来一批能打渔的把式，作为渔场的骨干。那批把式中就有张长龙的父亲，父亲身后那个像泥鳅一样的小家伙就是他。张长龙,那时他仅仅三岁,整天赤条条的,在海子里翻着水花,嘴里噗噗噗地吹着水汽,摸鱼掏鸟蛋,却也乐趣无穷。张长龙天生就是水命,离了水他就没有力气,浑身打不起精神。他还特别能潜水,嘴里叼根苇管,隔一会儿,咕嘟咕嘟冒一串泡泡,再隔一会儿,咕嘟咕嘟又冒一串泡泡,在水下潜上个把时辰不成问题。

  刚来渔场时,这里只有七户人家,都是在乌梁素海周边草场放牧的蒙古族牧民。那时的乌梁素海里水鸟和鱼多得超出想象。多到什么程度呢?水鸟多得飞起来遮天盖日,落到海子里见不到水面。鱼呢?那就更多了,套马杆插在水里,生生不倒——鱼多呀!把套马杆挤得立在水里了。瞧瞧,那阵势,那情形。啧啧啧!大鱼也多得是,1969年那年,张长龙还捕过一条两米多长的大鲤鱼呢!手抠着鱼鳃把鱼背在身上,鱼尾巴像墩布一样在地上扫来扫去的。啊呀!乌梁素海的鲤鱼就是好吃,舀海子里的水炖鲤鱼,那是河套一带远近闻名的美味。王八也多,大的王八有脸盆那么大。捕鱼要用"箔旋"布阵,俗称"迷魂阵"。张长龙是布阵的高手,布完阵,只消掏出枣木杆儿的白铁烟袋,装上一锅子圐圙布伦烟叶子,吧唧吧唧吧唧,吸上几口,吧唧吧唧吧唧,再吸上几口,就可收鱼了。冬天用冰穿打冰眼下网捕鱼,那场面也很壮观。鱼冻得直挺挺的装到驮子上用骆驼运到包头去卖,换回布匹、盐巴、陈醋、白酒和砖茶。餐餐有鱼虾吃，顿顿有酒喝。那日子，那时光，美得很呢！

早年间，除了捕鱼，张长龙还在海子里猎雁、猎野鸭、掏鸟蛋。父亲从白洋淀带来的那把曾打过日本鬼子的老鸟铳，到了张长龙手里威力不减当年，不过，那把鸟铳的枪口对准的不是烧杀掳抢的日本鬼子，而是振翅飞翔的天鹅、大雁和野鸭。他的枪法极准，百步之内，一枪一个"眼对穿"。说到那段历史，张长龙的话便格外少了，只是吞吞吐吐地说了一句，他的左耳就是猎雁时被鸟铳轰轰的巨响震聋的。他说，这是报应。后来，他的鸟铳被公安部门收缴了，人也险些被带走。现在他的上衣口袋里揣着助听器，双耳戴着耳麦，听力倒也无碍。我几乎不用太大的声音讲话他也能听到。

一个人的出现令他改变了自己的活法。

那个人是一位鸟类学家，叫邢莲莲。作为内蒙古大学教授的邢莲莲带着研究生来乌梁素海搞鸟类调查，请张长龙当向导。邢教授学识渊博，待人谦和。在接触的过程中，张长龙跟她学到了许多鸟类知识，知道了自己过去猎鸟掏鸟蛋是错误的，鸟类是人类的朋友。从此，他成了乌梁素海湿地保护区一个不拿工资的编外管护员。他划着一条小木船整天出没于芦苇荡中，发现猎鸟掏鸟蛋的不法分子，或者上前制止不法行为，或者没收猎具将盗猎者扭送到森林公安派出所接受处理。起初,人们以为他是"吃官饭"的管护员,惧他三分。后来知道了,他不过是个编外的管闲事的人,并无执法权,便不再把他当回事了。那些混混们还笑嘻嘻地送给他一个外号:鸟长。

鸟长,鸟长,鸟长。这两个字用河套话读出来并不怎么好听,何况,张长龙知道,那些混混们给他起这个外号心里是啥意思。可是,张长龙一点也不生气,鸟长就鸟长,鸟长也是官啊!

"鸟长?""唉,是我。"

"鸟长吗?""唉!是我,我是鸟长。"张长龙笑嘻嘻地答应着。

鸟长是什么级别的官呢?股级?科级?县团级?还是司局级?张长龙的脑子里莫非注进水了吧。鸟长管的不是鸟,是管打鸟主意的人哩!管人?呸!呸呸!有那么容易吗?那些戴大檐帽挎六四手枪,屁股后面挂着明晃晃手铐的警察管人都管不住,就凭你那点儿打鱼摸虾识鸟的本事,还能管住人?张长龙,你回家照照镜子吧。家里要是没镜子,你就一猛子扎到海子里呛几口水,清醒清醒吧!

四

真是灌进水了。

张长龙不但不清醒,脑子里的水反而灌得越来越多。他把家里的十几亩苇滩交给儿子照看,自己一头钻进芦苇荡,不见了踪影。

张长龙在芦苇荡里搭了个窝棚,安营扎寨了。他每天都划着小船,在海子上巡护,机警的眼睛瞪得大大,神出鬼没的样子就像当年白洋淀里的雁翎队员。只是孤单单的,手里缺少壮胆的家什。唉,要是那杆老鸟铳还在手里就好了。

幸亏,裤腰里还掖着枣木杆儿的白铁烟袋。乏了,掏出圆圆布伦烟叶子,装进白铁烟袋锅子里,点燃,吧唧吧唧吧唧,吸上几口。累了,掏出圆圆布伦烟叶子,装进白铁烟袋锅子里,点燃,吧唧吧唧吧唧,吸上几口。困了,掏出圆圆布伦烟叶子,装进白铁烟袋锅子里,点燃,吧唧吧唧吧唧,吸上几口……三伏天,芦荡里的蚊子巨多,却没有一只敢叮鸟长张长龙的。他的那杆枣木杆儿的白铁烟袋是他驱蚊的秘密武器。未及近前,蚊子们早被白铁烟袋锅子里散出的那股烟袋油子味儿熏晕了。

哗哗哗……哗哗哗……一片水域里,一对疣鼻天鹅正在觅食。瞧瞧,那白净的羽毛,长长的脖颈,在水面上形成的弧线多美呀！张长龙赶紧按灭白铁烟袋锅子里的烟，泊了木船，猫在芦苇丛后面静静观察。

张长龙从邢莲莲教授那里得知，疣鼻天鹅又名哑声天鹅。它的叫声沙哑，并不尖利。疣者，就是鼻端凸起的肉球球，所以，疣鼻天鹅也叫瘤鼻天鹅。这种天鹅体形大，个体重，有"游禽之王"之说。它的特征鲜明，嘴是赤红色的，在水中游动时，脖子常常弯成"S"形。在天鹅中，要数疣鼻天鹅最美了。远远看去，在水面上漂浮的疣鼻天鹅如同身披洁白婚纱、涂着红唇的新娘。据说，俄罗斯芭蕾舞《天鹅湖》中模仿天鹅的舞步，其艺术灵感就来源于疣鼻天鹅戏水的场面哩！

哗哗哗……哗哗哗……两只天鹅互相追逐着，水面上溅出无数水点。水波跟着水波，一圈一圈向四周扩散着。可惜，那些水点和水波有些污浊，粘稠稠的。水面归于平静，疣鼻天鹅用自己长长的喙清理着羽毛上污渍。

忽然，两只疣鼻天鹅警觉起来，伸长脖子向芦苇丛中打量着什么。张长龙定睛一看，在离自己几米远的苇丛后面探出黑洞洞的枪口，正向天鹅瞄准呢。说时迟，那时快，张长龙从木船上一跃而起，扑向那个持枪人。嗵！嗵！枪口对着天空响了。扑啦啦……两只疣鼻天鹅飞走了。

"干什么，你？是湖匪吗？"

"我不是湖匪,我是鸟长,不准你打鸟。"

那个持枪人是有来头的,是旗里某个部门的头头。他是专门开着一辆越野车来打猎的。不想,却让张长龙坏了兴致。他说:"我是某某单位的什么什么长,想吃天鹅肉,你走开,别碍事。"张长龙说:"你别打天鹅的主意,我不管你是什么什么长。要吃天鹅肉也行,可你必须先吃我的肉。"那位头头说:"你找死吗?"张长龙笑了,说:"是啊!就是想找死,不然你怎么能吃到我的肉呢?"那位头头咔咔两下又装上了子弹,拿枪对准他的额头。那是一支双筒猎枪,枪筒锃亮锃亮的,透着寒气。张长龙拿出那杆枣木杆儿的白铁烟袋,不紧不慢地装上一锅子圐圙布伦烟叶子,点燃,吧唧吧唧吧唧,吸上几口,噗地把烟吐出来,说:"你们这些什么什么长,开着公家的车,拿着公家的薪水,却不干公家人该干的正经事,打鸟猎雁,捕杀天鹅,祸害野生动物,这是违法的啊!我的老鸟铳都被收缴了,你的双筒猎枪是哪来的?你有持枪证吗?告诉你吧,你的车号我已记下了,别看你现在耀武扬威,过些天就会有人找你了。"

终于,双筒猎枪的枪口从他的额头无力地移开了。持枪人立刻变成一副笑脸,笑嘻嘻地说,逗你玩呢,别当真呀!呵呵呵!

张长龙的额头上留下一个圆圆的印儿。

张长龙告诉我,其实那些当官儿的并不可怕了,只要你抓住他的软肋,他一准就软了。张长龙说,最难对付的倒是那些投毒的人,因为很难现场抓到他们。

　　那年秋天,张长龙在巡护时,发现有人在芦苇荡中投毒,毒死了不少野鸭。投毒者藏在苇丛中不露面,根本抓不到。怎么办?张长龙心生一计:假扮渔民在海子里撒网捕鱼(他本来就是渔民),然后故意把船摇进芦苇荡,捡拾被毒死的野鸭。投毒者在苇丛后面露露头,缩回去了;再露露头,又缩回去了。张长龙瞥了一眼,不言语。他弯腰捡起一只野鸭子,扔进木船里,嘴里叨叨着说,晚上红烧野鸭子肉,可得美美喝几壶啊!弯腰,再捡;再弯腰,再捡……数了数,整整三十只野鸭子,他假装心满意足了。他躺在船头,掏出圆圙布伦烟叶子,装进白铁烟袋锅子里,点燃,吧唧吧唧吧唧,吸了几口,一缕一缕的青烟向芦苇荡里散去,散去。他知道,那些投毒的家伙就在附近的芦苇丛中猫着呢。仰躺着的他,跷起二郎腿,嘴里哼出了酸曲——

　　　　小妹妹和哥哥脸对脸/双身身挨住肩并肩
　　　　这样的情景你说倩不倩/你说倩不倩
　　　　红圪丹丹嘴唇粉圪蛋蛋脸/好像一朵花
　　　　巧个嘟嘟小嘴说的奴话话/亲死哥哥咱
　　　　细皮皮嫩肉肉水淋淋的眼/说话带笑脸

年轻人看见妹妹心里就甜/不知该怎间

久旱的庄禾苗苗杆瘦叶子稀/就缺一池水

哥哥我白明黑夜睡着梦中想/怀中抱着你

哼完酸曲，他用力吧唧几口烟，吧唧吧唧吧唧，然后将白铁烟袋锅子里的烟灰在船梆上磕了磕，烟灰就纷纷落进海子里了。他把那杆枣木杆儿的白铁烟袋掖到裤腰里，嘴里说道，收工喽！就要划船往回去。终于，芦苇丛中的人憋不住了，呼呼呼呼地站出来了。好家伙！齐刷刷四个。

"哪里走！是你的野鸭子吗？你就敢拿走！"

"不是我的，可也不是你们的呀！无主的野鸭子我怎么不敢拿走？"

"嗨！狗日的！还真不把自己当外人了。怎么不是我们的，是我们刚刚毒死的！"

"好！有种！再说一遍！"

"是我们刚刚毒死的！野鸭子是我们的。狗日的，你还要抢不成？"

"行！我要的就是这句话。你们的野鸭子，我还给你们，不过不能在这儿给，你们得跟我去个地方啦！"

"哪儿呀？"

"森林公安派出所。"

四个家伙,眼里闪着凶狠的光,向他围拢来,并蹭蹭窜到他的船上,抢夺野鸭子。张长龙未等那四个家伙站稳,用脚使劲一晃,就把他们晃进水里。扑通!扑通!扑通!扑通!接着,他掏出那杆枣木杆儿的白铁烟袋,一个一个敲他们的脑壳,"叫你们投毒,叫你们投毒"。四个家伙在水里哇哇哇乱叫。

这时,保护区管护站站长杨军带领几个管护队员及时赶来,那几个家伙乖乖就擒。从此,在乌梁素海,鸟长张长龙的名字令盗猎分子闻风丧胆。报纸、电台、电视台的记者纷纷来采访他,张长龙成了远近闻名的名人。许多专家来乌梁素海考察鸟类,许多摄影家来乌梁素海拍片子,都指名请张长龙做向导。考虑到张长龙没有工资,家庭生活也比较困难,于是,乌梁素海湿地保护区管理局做出决定,允许张长龙做向导每天收费100块钱。不过,保护区管理局局长告诉我,他挣的那点钱大部分都买药给疣鼻天鹅及其他生病的鸟治病了。唉,这个鸟长啊!

"狗日的,不让我们猎鸟掏鸟蛋,他却做向导赚钱,把他扔进海子里喂王八!"盗猎分子放出话来。张长龙闻知,哈哈哈乐了。要是乌梁素海还有王八就好啦!

一个燥热的中午,乌梁素海上空旋飞着的天鹅突然哀鸣起来。原来芦荡深处,升起一股浓浓的烟,张长龙的窝棚被人点着了。腾腾腾,一把火,眨眼间便把苇草和香蒲搭成的窝棚烧得精光。好险啊!当时张长龙若不是在海子上巡护,或许真被烧成灰了。张长龙未被吓退,他割了些芦苇和香蒲,又把窝棚搭起来了。

"有我张长龙喘气,你们就别想打乌梁素海的主意。"张长龙咬咬牙说。

唉,乌梁素海一定是出了问题。

打乌梁素海主意的人,个个憋得都快疯了。

五

我是在一只游艇上见到张长龙的。

他的皮肤黝黑黝黑的,小平头,脸上满是皱纹,像是陈年的核桃一样。他穿一件灰色的短袖T恤衫,口袋里放着个助听器,裤腰里掖着那杆枣木杆儿的白铁烟袋,眼神中隐隐地透出一种忧郁。

这几年,张长龙是越来越不开心了。他的不开心源于乌梁素海的水。乌梁素海的水质是越来越差了,由于工业废水、农业废水和生活污水的涌入,乌梁素海迅速富营养化,淤泥越积越厚,芦苇不断疯长，黄藻不断疯长，水域面积缩小，海子的底儿抬升，平均水深已经不足一米了。"这是怎么啦？"张长龙自言自语，乌梁素海一定是出了问题。

乌梁素海要成为死海吗？在他的记忆中，乌梁素海的水是流动的。它接纳了上游灌区浇灌农作物排下来的水后，经过自身的生物净化，又排到黄河里了。如今，乌梁素海的水怎么就不流动了呢？酷暑的天气里，海子的水面上还弥漫着一股股隐隐的腥臭味儿。唉，乌梁素海一定是出了问题。是的，采访过程中，我的确闻到一股腥臭味儿。同时，我还惊讶地发现，在我想象中那一望无际的碧绿湖水，实际上已经被污染成黑红黑红的颜色，湖面上偶尔还能看见漂浮的小小的死鱼。那小小的鱼，是鲫鱼，长不过一寸。当地人，或者知情人，是从来不吃这种鱼的。张长龙说，乌梁素海仅有这种小鲫鱼了。张长龙说，怕是用不了多长时间，连这种小鲫鱼也要绝迹了。

说话间，我们的游艇已经驶入一处相对宽阔的水域。

只见海子的深处，生长着团团簇簇，如丝如棉的黄藻绿苔，像是一张巨大的海绵覆盖并充塞着水面。如果不是按照事先割出的水道穿行，我们游艇的螺旋桨怕是早被黄藻绿苔裹住了。当我们乘坐的游艇在水道的汊子里拐弯折返时，螺旋桨所搅起的那夹杂着黑色淤泥的层层黑浪，散发出一股股酸腐刺鼻的腥臭味儿。

活水变成死水喽！

唉，乌梁素海一定是出了问题。

活水变成死水的原因是什么？乌梁素海湿地保护区管理局局长说，活水变死水的主要原因是利益驱动。一些外地商人承包租赁了乌梁素海周边的芦苇滩地，大面积经营芦苇。为了让那些芦苇长得更好，卖更多的钱，那些苇商们就雇人筑起一道一道的土坝，把水放进来，却不放水流出去。特别是乌梁素海的下稍，都被这样的土坝一道一道地分割了，本来是流动的活水，都成了死水，芦苇在死水里疯长，生活在死水中的疣鼻天鹅和野鸭、大雁等水禽却不断地出现死亡现象。虽然政府发文明令不准筑坝，保护区的管护队员也多次现场制止，但由于权属等复杂的原因，苇商雇人筑土坝的行为仍然屡禁不止。

那纵横交错的土坝割断了乌梁素海的喉咙，它能喝水，但无法下咽啊！退一步说，它能咀嚼，但不能让有效的营养保证肌体的健康啊！

张长龙一看到那些土坝，心里就来气。月黑天，他曾偷偷用铁锹把那些土坝掘开一个一个的口子，让水流动起来，可用不了多长时间，那些口子就又被合上了。他之所以恨那些土坝，是因为土坝里疯长的芦苇阻挡了疣鼻天鹅的起跑飞行。疣鼻天鹅的体重接近鸟类飞行的重量极限。小型的鸟类，只要展开翅膀，双腿用力一蹬，就能很快飞向高空。而疣鼻天鹅却不行，它个头太大，必须有120米以上的跑道并且通过"九蹬十八刨"，才能产生足够的起飞速度，飞翔起来。

天鹅喜欢在芦苇荡中觅食，可如果芦苇荡太过茂密，没有一定的水域空间，没有"九蹬十八刨"的助跑距离，那么一旦遇有紧急情况，往往就会给它们带来致命的灾难。

美，常常是面临着危险的啊！

六

这是法国作家布封笔下的天鹅："天鹅的身形丰腴，线条优美，晶莹洁白，散发着我们欣赏优雅和美丽时感到的那种畅快和迷醉。它的要求很少，只要求宁静和自由。它是水禽中的王。"

乌梁素海是我国著名的"天鹅之乡"。

野生疣鼻天鹅目前在我国仅有一千多只，而在乌梁素海就有六百多只。每年3月末，这些疣鼻天鹅就会准时由南方迁徙到这里。鸟长张长龙掰着手指头说，3月12号到，一天都不差，年年如此。天鹅真是有灵性的鸟呀！4月底，它们开始在芦苇丛中筑巢，接着就下蛋孵化后代了。

在船头,在芦苇荡中,在窝棚里,在瞭望塔上……张长龙记下了十几本"疣鼻天鹅观察记录",每年都要绘制一张"疣鼻天鹅巢位图"。他把保护区内有多少鸟巢,在什么部位,每个巢中有多少枚蛋,孵化出多少雏鸟,甚至连上一年孵化出的天鹅今年有多少返回来,哪些是第几代成鸟等等都详尽地记录下来。邢莲莲教授说,这些观察记录具有重要的科学价值,是研究疣鼻天鹅生活习性及乌梁素海生态演变关系的第一手资料。我在乌梁素海采访时,翻看过那些浸着水渍,卷着边边的"观察记录",内心油然生出一种崇高的敬意。

疣鼻天鹅喜食水草,特别是龙须眼子菜和狐尾藻等沉水植物。张长龙观察发现,一只疣鼻天鹅一天可以吃掉方圆二平方米内的十五公斤水草。假如一只疣鼻天鹅在乌梁素海一年觅食二百天,那么就会有四百平方米三千公斤的水草被连根吃掉。一只疣鼻天鹅就吃掉这么多水草,那六百只呢?疣鼻天鹅是净化乌梁素海的神鸟啊!

疣鼻天鹅的巢是用苇叶、苇茎和苇茬子筑起来的,层层叠叠的,远远看去就像一个一个的柴堆。如果水面上升,天鹅就用自己灵巧的嘴,咬断附近的芦苇,选择合适的材料,再把巢加高。疣鼻天鹅的蛋个头很大,一般一巢有五到八枚。鸟类学专著说,疣鼻天鹅产蛋最多在九枚。可据鸟王张长龙长期观察,乌梁素海的疣鼻天鹅最多可以产蛋十二枚。瞧瞧,生生比专著上记载的多出三枚。

疣鼻天鹅巢中的蛋上常常覆盖着一层细密的羽毛,孵化期的蛋最需要的是一定的温度,三十四摄氏度是孵蛋最适宜的温度。在孵化期,疣鼻天鹅对水质的反应也特别敏感,水中富营养过猛及难闻的气味最容易导致孵化失败。即便幼鸟勉强出生也多半是畸形,活不了多长时间就一个一个地夭折了。

张长龙看在眼里,急在心上,上火呀!嘴上起了个大泡泡。怎么办呢?呀呀呀!怎么办呢?

那天,在乌梁素海疣鼻天鹅核心繁殖区——苏圪尔的芦苇荡中,张长龙掏出那杆枣木杆儿的白铁烟袋,装上一锅子圙圙布伦烟叶子,吧唧吧唧吧唧,吸上几口,吧唧吧唧吧唧,再吸上几口,终于想出了一个办法。什么办法?用"漂白粉"净化水质。

他把白铁烟袋锅子里的烟灰一磕,就急急地去找保护区管护站站长杨军。哪知,杨军也正为这事犯愁呢。张长龙把自己的想法如此如此一说,杨军听后,一拍大腿,说了一个字:"行。"杨军立即向保护区管理局打了个报告,申请经费购买"漂白粉"。保护区管理局局长全力支持,次日就把一笔款子批下来了。张长龙主动要求参与投放"漂白粉"的任务。酷暑天,装在船上的漂白粉气味异常难闻,张长龙被呛得差点背过气去。为了减少这种气味对天鹅的影响，必须用最短的时间，在三平方公里五千亩水面范围，完成一次投放十吨"漂白粉"的任务。啊呀呀呀！每次完成任务时，大汗淋漓的张长龙累得几乎瘫在船上。

然而，当朝霞映在乌梁素海局部净化了的水面上时，望着那宁静安然的疣鼻天鹅，张长龙感到无比的幸福。尽管净化了的仅仅是苏乞尔这块小小的水域。

连续三年，经过"漂白粉"的消毒净化，苏乞尔水域的天鹅幼鸟没有出现一只死亡现象。

天鹅守护着蛋，守护着幼鸟。张长龙守护着天鹅。

疣鼻天鹅的孵蛋时间一般在三十二天左右，母鹅每天除了觅食三两个小时外，其他时间都是静静地卧在巢中孵蛋。当小天鹅破壳出生的时候，母鹅几乎耗尽身上的能量，精疲力竭了。而张长龙一颗揪着的心，才稍稍放下来。这时，他也几乎精疲力竭了，甚至连碰一下那杆枣木杆儿白铁烟袋的力气都没有了。

冬天，疣鼻天鹅不在乌梁素海的那些日子，张长龙是落寞而惆怅的。

唉，乌梁素海一定是出了问题。

乌梁素海冬天结的冰也是黑红黑红的了，那冰有一米多厚，几乎冻绝底了。海子里即使还有大鲤鱼也不能活了，缺氧。一片肃杀凄凉的景象。

疣鼻天鹅去了哪里？飞到南方的某个地方越冬去了。张长龙的心也跟着飞走了。疣鼻天鹅在哪里，张长龙的心就在哪里。

嘎嘎——嘎嘎嘎——这是多么伤感的鸣叫啊！这伤感的声音总是在张长龙的心里回荡。并且，日里夜里折磨着他。

布封说："在所有临终时深深感动我们的动物中，只有天鹅在弥留之际还在唱歌，用它的和鸣作为它最后叹息的序曲。天鹅发出如此温和、如此动人的音调，是在它行将断气的时候，向生命作凄凉而深情的告别。那是令人悲恸的挽歌啊！低沉哀怨，如泣如诉。甚至在晨曦初露，或者风平浪静的时候，我们还能真真切切地听到。"

或许，有一天，天鹅真的就不来了。

七

现在的乌梁素海不是早先的乌梁素海喽！

路德维希在他的《尼罗河传》里说："朝代来了，使用了它，又过去了，但是，它，尼罗河——那土地之父却留了下来。"乌梁素海曾经是那么的富庶和美丽，养育了世世代代的乌梁素海人，今天它自己却出了问题。它的问题，不是它自己的问题，而是我们的问题。正是我们无休无止的滥用水，污染水，不尊重水，不节约水，才导致了水的问题，乃至乌梁素海的问题一天比一天严重。

其实，出现问题的湖泊不仅仅是乌梁素海。

1972年，罗布泊干涸。1992年，居延海干涸。2005年，滇池全湖出现富营养化，严重污染。2007年，太湖蓝藻暴发，引发一场震动社会的水危机。令人忧心的报道，一个接一个。洞庭湖、巢湖、鄱阳湖的生态系统也遭到了不同程度的破坏。这是怎么了？江河湖泊的气数已尽？还是这个世界疯了？

物与物关系的后面，从来都是人与人的关系。

乌梁素海还有救吗？

乌梁素海的未来，取决于我们今天的认识和行动。

它，或者彻底死掉，或者绝处逢生。

然而，在这个春天，天鹅还是来了。

因为它们知道，有一个人日里夜里盼着它们归来呢！

嘎嘎——嘎嘎嘎——天鹅的叫声从空中滴落下来，张长龙蹲在船头把助听器对准天空。他听到了那熟悉的声音，老伙计们，终于把你们等来了。他故意不看空中，眼睛眯成一条线。

眼前的乌梁素海仿佛又变成早先的那个美丽的乌梁素海了。鲤鱼、鲢鱼、草鱼、胖头鱼、白条鱼在海子里自由自在地游着，偶尔大个的鲤鱼啪地跃出水面，划出一个漂亮的弧线，又潜入水底了。王八和泥鳅最喜欢在沼泽地里拱来拱去，那里有它们爱吃的蚯蚓和浮游生物。牧人的套马杆插在水里，晃几晃，就立住了，不是它不倒，是鱼多得挤得它倒不了。

红荷、白荷、粉荷静静地开着，煞是好看。栖在开着米粒般白花的菱角叶子上的青蛙呱呱叫着，把睡莲也唤醒了。蜻蜓赶来凑热闹了，三三两两的，这个落下去，那个飞起来。芦苇照旧是茂盛的，如墙如帏。芦苇边上是草滩，如毡如毯的草滩，直铺到阴山脚下，直铺到土默川边边，直铺到乌兰布和沙漠腹地，直铺到乌拉特草原。

在芦苇荡中间是一片开阔的水域。野鸭子嬉戏着，溅起一串串的水花。接着，呼啸飞起，在海子的上空盘旋两圈，就似暴雨一般，啪啪啪地砸到乌梁素海的另一边去了。

嘎嘎——嘎嘎嘎——天鹅，疣鼻天鹅出场了，这是乌梁素海真正的主角。它是那么的优雅和美丽，令我们的视觉畅快而迷醉。

乌梁素海本该是这样的啊！

一匹穿山甲

穿穿穿！遇土穿土，遇水穿水，遇山穿山。穿穿穿！它不太机灵，有些笨拙和执拗，也有一股傻劲儿和憨劲儿。

此物甚奇，名曰穿山甲。

我头一回见到穿山甲，是在20世纪90年代初期。广西中越边境一处山坳集市，蜿蜒数里。摊贩出售的东西多为农产品，诸如香蕉、杧果、龙眼等水果，还有鸡、鸭等活物以及农具、刀具等手工制品。一个穿着草鞋，头戴斗笠的越南少年蹲在角落里。他的面前置一竹笼，竹笼里装着长着甲片，身体蜷缩成一团的动物。甲片有点像刚出土的古代铜钱，粘着泥土和草屑，一片一片叠加在一起。三匹，一大两小。其中最小的那匹，小小的眼睛正在看着我，还眨呀眨的，眼角分明流着泪滴。我的心里咯噔一下。

同行的人告诉我，那就是穿山甲。

多少年来，穿山甲眼角流着泪滴的情景，如在眼前，挥之不去。

穿山甲属于地栖性哺乳动物，体形狭长，像是旧时乡间老榆木疙瘩做成的面相粗鄙古怪的犁杖。穿山甲四肢短粗，全身有甲片，尾巴扁平而长，如鳄尾般坚实有力。背面呢，略略隆起呈弓状，是随时准备发力挑起事端吗？当然不是。它可从来不去惹是生非。它毫无凶相，更不会主动向天敌发起进攻。当遇到危险时，它唯一的手段就是防御，不是弹跳，不是外展，而是内敛，收紧，蜷缩成团呢！如果是山坡，它便就势一滚，逃之夭夭了。我忽然悟道，在所有几何图形中，球形或许是最便于求生的吧。

虽说坚硬的甲片是它的防御武器，但如果说穿山甲只会防御也不全对。当穿山甲把自己蜷缩一团时，也会利用肌肉控制甲片进行切割，像哗哗转动的电锯锯齿一样。雄狮、豹子面对它无处下口。即便下了口，嘴巴也会被割破，鲜血淋漓。蟒蛇对它也是奈何不得，乖乖绕开，该干嘛干嘛吧。

穿山甲有自己的疆域。冰雪和寒冷跟它扯不上关系，大兴安岭没有穿山甲，长白山没有穿山甲，内蒙古大草原没有穿山甲，塔克拉玛干大沙漠没有穿山甲。穿山甲生活在南方的森林中，白天常匿居洞里，用泥土堵塞了洞口，呼呼睡大觉，攒足了力气就打洞。

穿山甲挖掘的本领超强。它喜欢打洞不是闲着没事干,爪子痒痒,自己找乐。它喜欢打洞,是因为它要通过打洞找到蚂蚁。蚂蚁是它的美食(也吃白蚁、蚯蚓)。它不吃鲍鱼、不吃海参、不吃灵芝、不吃虫草。在自然界,野生动物各自有各自的快乐。对于穿山甲来说,打洞的过程就是它的快乐,找到蚂蚁则更快乐。当然,自娱自乐的玩耍也是有的。它会把尾巴钩在树枝上,把自己倒挂起来,爪子抱着头,像是"民国"时代的老式座钟的钟摆,左一下,右一下,荡着。耳畔的虫语和鸟鸣,也荡着。天空的云朵,以及云朵之上的云朵,左一下,右一下,荡着。时间就那么顽皮地荡进甲片里了。

它的两只前爪能够迅速挖掘泥土,泥土挖到一定量之后,它便把全身的甲片竖起来,抵住泥土,身体向后推,倒着推,就像倒着开的推土机,三下两下就把泥土推出了洞外。远远看去,它的甲片颜色与泥土颜色几近相同。穿山甲干活实在,从不投机取巧,偷懒耍滑。在自己获得美食的同时,它给大地松了土,透了气。沉睡的种子便纷纷醒来,呼呼顶破地面,伸出蛮腰,欢呼雀跃,生机一片。穿山甲从不理会这些诗意和浪漫的东西,小眼睛眨呀眨,它的兴趣和心思全在蚂蚁那儿呢。蚂蚁在哪里,它就寻觅到哪里。不惜吭哧吭哧打洞,不惜行走千里万里。

穿山甲一般晚上出来捕食,它的胃一顿能装下五百克的蚂蚁，它一次就可以吃三百克至四百克的蚂蚁。一匹成年穿山甲每年能吃七百万只蚂蚁。在这里，我之所以称谓"匹"，而不是"只"或者"头"，是因为"匹"字符合穿山甲的特性，"匹"不单是量词，还有孤独或者单独之意。在地球上所有哺乳动物中，长角质甲片的，唯有穿山甲一科一属。没有第二个，更无第三个，第四个了。除了发情期或者哺乳期，穿山甲总是处在孤独的状态中。

穿山甲的唾液呈碱性，能中和蚂蚁的蚁酸，可以防止舌头被蚁酸灼伤。如果穿山甲挖到的是个大蚁洞，里面的蚂蚁一时吃不完，它就会把蚁洞封起来，过些天再来吃。当吃光洞里的蚂蚁后，它就在洞里蹭蹭甲片，把自己的气味留在洞壁上，引诱附近的蚂蚁入洞。为日后再来享用留下后路。不要竭泽而渔，而求动态平衡。

穿山甲的"冬洞"是比较讲究的。"冬洞"一般有十几米长，中间必穿过两三个蚂蚁穴巢，那是它越冬的"粮仓"呢。而洞的顶头往往有枯草、树叶和柔软物造成的宽阔的窝，那便是穿山甲的"卧室"了。或许，一片面积在二百五十亩至四百五十亩的森林里，只要有一匹穿山甲，就可以免遭蚁害了。

吃饱肚子后，穿山甲便缓缓地、安静地来到池塘边喝水。它把弓着的弧形的脊背试图舒展开，尽情喝一次水。可是，无论怎么努力也是枉然。它索性放弃了，舌头唰地一下亮出来，插入了水里，顷刻间水就薄了，水面在极轻微地颤动。

那双小小的眼睛，凝视着水里古怪的倒影，忘掉了自身。

在古籍中，被称作"鲮鲤"的动物，就是指穿山甲了。

南北朝时期的陶弘景先生写道："鲮鲤，能陆能水。日中出岸，张开鳞甲如死状，诱蚁入甲，即闭而入水，开甲蚁浮出，因接而食之。此物食蚁，故治蚁瘘。"陶弘景此段文字讲了穿山甲甲片的开合之妙，甚是有趣。穿山甲深识水性自是可信的了。穿山甲在水里还会吞气，增加浮力，自身就像个充气的小橡皮艇，噗噗噗，游动自如。

不过，作为药物，穿山甲是有毒的。唐代甄权《药性论》记载："有大毒。治山瘴虐。恶疮烧敷之。"山瘴虐，就是疟疾。隋《诸病源候论·疟病诸侯》记载："此病生于岭南，带山瘴之气，其状发寒热，休作有时，皆有山溪源岭瘴湿毒气故也。其病重于伤暑之虐。"不过，武松曾患疟疾，在柴进家的后院烤火时，被宋江踩翻了火锨柄，惊了一下，病却好了。康熙也患过疟疾，是传教士用奎宁治好的。

民谚："穿山甲，王不留，妇人食了乳长流。"

什么意思呢？这就是说穿山甲的甲片和王不留（一种草药）具有"穿"的特性。通经活络，催奶下乳。李时珍《本草纲目》曰:"穿山甲入厥阴、阳明经。古方鲜用,近世风疾、疮科、通经、下乳,能为要药。盖此物穴山而居,寓水而食,出阴入阳,能窜经络,达于病所。"看来,穿山甲确有"穿"的功效。从"惊啼悲伤""蚁瘘""瘴疟"到"痈肿疮疥""乳汁不通""血凝血聚"等与"堵"相关的病症,无不一一穿之。

有人说穿山甲等同猪蹄甲,我不知道此说依据是何。华佗开的药方上有穿山甲,孙思邈开的药方上有穿山甲,张仲景开的药方上有穿山甲。找遍字缝,却未见猪蹄甲。

清代《永州记》曰:"此物不可于堤岸杀之,恐血入土,则堤岸渗漏,观此性之走窜可知。察患在某处,即以某处之甲用之,尤臻奇效。尾脚力更胜。"岂止是穿,还能补哩!刘伯温《多能鄙事》云:"凡油笼渗漏,剥穿山甲里面肉魇投入,自至漏出补住。"瞧瞧,穿山甲的肉居然还有此等功用。当然,这里的补,也是穿的延伸。

清末民初,张锡纯《医学衷中参西录》对穿山甲的药用有一段描述:"气腥而窜,其走窜之性无微不至,故能宣通脏腑、贯彻经络、透达关窍,凡血凝、血聚为病皆能开之。以治疗痈,放胆用之,立见功效。并能治症瘕积聚、周身麻痹、二便闭塞、心腹疼痛。"在医学著作里,表述语气一般都很稳健平和,鲜有感情色彩。而这位张锡纯笔下却用了"无微不至""放胆""立见"等词，字里行间，荡漾着丰沛的感情和足够的自信。

穿山甲性格温和、谨慎。行走时的形态特别有趣。它慢走时，四只脚趾反背向后，爪子向下弯曲，用脚趾背关节着地，一滚一滚的，很像是跪着行走。穿山甲的爪子是穿山的武器和工具，平时走路，爪子是舍不得用的。当它快速疾走时，就端着两只前腿，用后腿簌簌地行走，身体不稳，摇摇晃晃怎么办？穿山甲自有办法，用尾巴助力并保持平衡。

穿山甲每年生育一胎，每次通常只产一崽，偶产两崽。幼时，母穿山甲把小崽驮在后背上，走到哪里驮到哪里。小崽抓住甲片，优哉游哉。妈妈的后背，是它的幼儿园，是它的小学校。在妈妈的后背上它认识了风，认识了草木，认识了阳光和阴雨，也认识了夜晚的星星。

穿山甲可能是最爱清洁的动物了。它从不随地大小便。每次便便前，它都会先用爪子挖一个坑，便完后用松土盖上。而连它自己也意识不到，埋着粪便的地方植物会疯长，又粗又壮。可以肯定，那是下面穿山甲的粪便在使劲呢！

穿山甲没有牙齿，吞到嘴里的蚂蚁不需咀嚼，而是直接送到胃里。靠胃本身的分解功能把蚂蚁消化掉。穿山甲的舌头比自己的身体长度还长，舌头上有黏液，粘住食物后一缩，就进胃里了。不用的时候，舌头就藏在胸腔里。它的舌头灵巧得很，以嘴巴为中心三百六十度随意甩动，就像钓鱼者挥竿抛线。嗖嗖嗖！只不过，前端不是一个钩，两个钩，三五六七八个钩，而是比钓钩厉害多的万能的魔力了。我在想，如果月亮上有蚂蚁的话，说不定穿山甲也会把嘴里那根线抛上去，把它粘下来。

穿山甲的甲片可真是不轻，占身体自重两成。有人说一匹穿山甲的全身甲片有六百片，坚硬无比，可挡箭镞，可挡子弹。我没亲眼见过，姑妄听之，姑妄信之吧。然而，说穿山甲与猪蹄子甲相同，甚至与人的脚趾甲也没什么两样，无非都是角蛋白，我百思不得其解。猪肉是肉，羊肉是肉，鸡肉是肉，都是肉，肉就一样吗？鸭梨是梨，香梨是梨，刺梨是梨，都是梨，梨就一样吗？人参是根，胡萝卜是根，红薯是根，都是根，根就一样吗？然而，怎么可能一样呢？

穿山甲一生沉默不语，从不说话。既不放声朗笑，也不嘶鸣嚎叫。难道它看穿了一切，不屑言语吗？可是，它的意图和想法怎样与同伴交流呢？它有满肚子的屈辱和痛苦的时候该怎样诉说呢？也许，它的舌头太发达了。唉，上帝给了它一件万能的东西的同时，总要剥夺它另一件本该正常的东西。

远处，胡乱长着的灌木丛摇动了几下，灌木的枝条一会儿交叉在一起，一会儿又分开了。灌木丛里有一双小眼睛正向这边望呢！那个叠着甲片的长长的尾巴，甩几甩，再甩几甩。突然，眼神里充满了恐惧和惊慌。

多年前，我在南方山区走动时，一些老人说，早年间，穿山甲并不是什么稀罕物，一个猎户一个冬天能抓二十余匹，供销社专门给药厂收购，一匹穿山甲也就卖三五块钱。

2000年之前，中国野生穿山甲种群尚有相当的数量。在云南、广东、广西、海南诸地的山区，山民还能见到穿山甲觅食的身影或打洞推出的新鲜土堆堆。此后几年，野外穿山甲的数量谜一样巨减。至2005年，穿山甲曾广泛分布的一些山区，野外调查种群数量居然显示为零。也就是说，野外观测已经很难见到穿山甲的踪影了。洞穴也皆旧窟，而非新迹了。

有人说，陶弘景是罪魁。倘若他当初不把穿山甲写进《名医别录》，穿山甲的命运可能就是另一种情况了。而李时珍也罪责难赦，《本草纲目》里少写几段，少写几个字不行吗？写来写去的，穷写什么呀！啪啪！应该给说这样话的人两个耳光。两个不够，还可以再加一个。假如人类变成蚂蚁，穿山甲该是多么欢喜！假如地球倒回洪荒时代，我们该是多么快乐！假如，假如，可是从来就没有假如的世界啊！

穿山甲，是固有的"穿"性害了自己吗？陶弘景也好，李时珍也罢，他们的本意不是把穿山甲斩尽杀绝，而是利用其"穿"性，解除"堵"的问题。但糟糕的是，这个世界"堵"的问题越来越多。因之"堵",造成了我们肌体内里和灵魂深处的某个地方正在发生着病变。可是,我们什么都看不见了,没有了方向感,也没了向内的反省和向外的审视,看不到别人,也看不到自己。我们每天处在焦虑和迷茫之中,以至于深呼吸都是一种奢侈,甚至需要足够的勇气了。

穿山甲的问题,从来就不是它自己的问题,而是我们的问题。无论如何,我们那张贪吃的嘴是摆脱不了干系的。然而,我还是要怯怯地问一句,山林里的蚁族还有那么多吗?山林里的枯木、倒木还有那么多吗?生物的多样性哪里去了?山林里到底发生什么事情?当我们为了某个目的,而无休止地使用杀虫剂或者农药时,是否也灭掉了穿山甲赖以生存的食物链?我要说,那些看起来温柔的杀虫剂和农药,实际上都是残忍无比的。"能看见的毒都不是最毒的,看不见的毒才是最毒的。"

经验的获得总是晚了一些。当我们觉得某条经验有用时,实际上,它已经快没用了。即便这条经验上升到冷面的法律,即便这条经验上升到刚性的国际公约。

穿山甲人工繁育,多多产崽,复兴种群,不就解决问题了吗?问题是穿山甲的人工繁育相当艰难,甚至比人工繁育大熊猫还要难上加难。其中的难点在哪里?这个不是我能说清楚的。科学家们正在寻找穿山甲的替代品。据说,土元、水蛭等动物在某些成分上可以替代穿山甲。不过，我相信，在大自然中一定还有比穿山甲更能"穿"的东西。怎样找到它？它在哪里呢？

野生穿山甲在中国绝迹了吗？我的心里咯噔一下。不会吧？又咯噔一下。也许真的呢？

我不敢想下去了。心痛万分。

那个竹笼里穿山甲眼角流着泪滴的画面，又浮现在眼前，哀婉而悲伤。我在屋里转着圈圈，一时不知如何是好了。人与穿山甲到底是一种怎样的关系呢？穿山甲，虽然有那么灵巧的舌头，却无法告诉我。

在时间的历程中，自然有选择的权利，人类也有选择的权利。但是，当一个脆弱的物种面对人类无边的欲望时，它几乎就没有什么选择的权利了。而这种选择的权利往往只存在人类一方了。

然而，我又分明存着一丝希望。穿山甲是那么的坚韧、执拗、憨实，怎么可能说没就没了呢？它一定是藏匿于山林深处的某个洞穴里，躲避着我们，躲避着纷扰和喧嚣，在孤独和寂寞中熬着日月。

或许，我们是应该放弃一些固有的东西，并且应该承担起拯救自然的使命和责任了。因为，悲观和绝望无济于事。我们实现明天理想的唯一障碍,就是对今天的疑虑。

穿穿穿……穿破它。

穿穿穿……穿破它的——不是穿山甲,不是人类,而是我们那颗慈悲的心。

乌　鸦

一

乌鸦岭在武当山上，岭不高坡不陡，树不茂草不稠。乌鸦呢？我站在高处向四周眺望，除了三三两两的游客，未见乌鸦的影子。我来得不是时候，听正在树下小憩的挑夫说，待傍晚游客下山之后，乌鸦才从四野归来聚集岭上，黑压压的，把整个山岭都盖住了。

在武当山，乌鸦被看作是一种圣鸟，许多道教信徒历经艰辛爬上武当山就是为了给乌鸦抛撒一把食物。乌鸦在这里是自由自在的，用不着担心谁会伤害它们。乌鸦为什么受到如此厚待呢？在山下的一个小铺子里，我翻看一本小书才搞清楚。原来，当年真武到武当山修行时遇妖，是乌鸦为他报祸，并叫来了救星紫元君，使真武脱险。真武修炼成神后，不忘乌鸦的报祸之恩，封了乌鸦"圣鸟"的雅号,并告诫信徒们要永世善待乌鸦。

真武是幸运的,因乌鸦而性命得以保全。

乌鸦是幸运的,因真武,这个黑色的种群便越来越兴旺了。

乌鸦岭毕竟是一处可供游人观瞻的景致。就道教的整体情怀而言,乌鸦岭不过是天人合一思想物化了的存在。

道教是我国至今仍然留传的宗教之一,与其他几大宗教——佛教、基督教、伊斯兰教、天主教不同的是,只有道教是我国本土孕育的宗教。道教把春秋时代的思想家老子尊奉为鼻祖,同时也把老子的著作《道德经》尊奉为道教之圣典。

其实,乌鸦即便是对真武没有报祸之恩,武当人也不会找它们的麻烦。因为他们的教主老子早就说过:"夫物芸芸,各复归其根。归根曰静,静曰复命。复命曰常,知常曰明。不知常,妄作凶。又曰,生而不有,为而不恃,长而不宰。"

道法自然,自然就是自然法则。在这里,人与乌鸦是皈依了道教,还是皈依了自然?

我是在1997年的深秋去武当山的,本是在谷城参加全国生态文学研讨会的,上武当山是会议主办单位另外一项安排。已是下午5时,就在大家转身准备去停车场搭车下山的时候,空中却传来"呱呱"的叫声,举目向西望去,似乎有几对黑色的翅膀从太阳里飞出来,无疑,群鸦聚会武当山的盛况的序幕拉开了。

二

在我的家乡，把乌鸦称作老鸹。听老辈人说，乌鸦的肉是吃不得的，若吃了乌鸦肉，女的呢，就会满脸生雀斑；男的呢，就满脸长麻子。从此我一遇见脸上有雀斑的女子和麻脸大汉，心里就挂个问号：这妮子、这厮莫非吃过乌鸦肉？

野兔、野鸡、鹌鹑之类是猎过一些的，独独不敢打乌鸦的主意。我隐隐觉得，那黑色的鸟与一种神秘的东西有着某种牵连。赵海田是村里几乎与张三炮齐名的猎手，他的枪口不放过任何鸟兽。有一年冬天，赵海田去北大坝行猎，转了一天，毫无所获，就在他沮丧地往家走的路上，遇到一群乌鸦。他摘下斜挎的猎枪，架在一个树桠上勾动了扳机。"轰"一声闷响，一只乌鸦毙命，其余几只逃之夭夭。而几乎就在同时，赵海田"妈呀"一声，手捂血糊糊的右眼扑倒在地，猎枪的枪管炸开了。从此，赵海田失去了一只眼睛。

从此，我们家乡那一带的猎手们再也没有人碰过乌鸦。相反，每逢白雪封山的严冬时节来临，猎手们便都要在场院里撒一些苞米、谷粒、豆子或在高杆上挂些猪肠、猪肝等类的食物给乌鸦吃。

在那片贫瘠的土地上，乌鸦作为一种具有神秘感应能力的动物而存在。乡亲们在敬奉着它，又在躲避着它。

三

　　《山海经》曰："汤谷上有扶木，一日方至，一日方出，皆载于乌。"乌鸦与太阳同出一母，又称"金乌"。太阳没有翅膀便由乌鸦驮之。

　　既然乌鸦是驮日之鸟，就应当与凡鸟有别，所以古人索性便在乌鸦图上给它添上一只脚，号为"三足乌"。

　　前些年，陕西华县柳子镇泉护村出土的新石器时期的彩陶上的乌鸦图纹就是"三足乌"。

　　凡乌皆二足，三足者必不是乌，那是神化了的乌了。我真不明白，多出的一足用来干嘛呢？是驮太阳时多一份支撑的力量，保持身体的平衡吗？

　　不过，人间有一个太阳也就够了，可乌鸦却偏偏驮来十个太阳。

　　"尧之时，十日并出。焦禾稼，杀草木，而民无所食……尧乃使羿上射，中其九日，日中九乌皆死，堕其羽翼。"

　　看来，好事做过了头，等待自己的就不一定是好事了。九乌之死,实在是悲壮的。

从此,乌鸦的声威一蹶不振,贬斥之声不绝于耳,用在成语中也尽是:"乌合之众""乌兔之族""乌七八糟""乌烟瘴气"……民谚:"乌鸦叫,灾祸到。""乌鸦当头过,无灾必有祸。"

民间何以对乌鸦有如此偏颇的认识呢?这可以从乌鸦的习性得到说明,而不必归结为乌鸦的羽色或者叫声。

在写作此文之前,我曾就乌鸦的某些行为,专门电话采访了著名鸟类专家侯韵秋教授。侯教授学识广博,从事鸟类研究已近二十年,她在野外调查和学术研究过程中发现,乌鸦的记忆力惊人,对曾伤害过它,或对它不够友好的人,它能过目不忘。除此,乌鸦还有强烈的复仇意识。

侯教授说,有一次,她的同事苏化龙为了搞清乌鸦的生态习性,在野外投放了浸有麻醉剂的食物。乌鸦进食后麻醉剂很快就发生了作用,在那只乌鸦未完全昏迷之前,苏化龙把它捕住放进了笼中。那只乌鸦狠狠地看了苏一眼,就合上了眼睛。若干小时之后,乌鸦醒来,但不管苏化龙投入什么美味,它都一概拒食,眼里充满着怒火。那只乌鸦好生倔强,好生刚烈,至死也没有吃一口苏化龙给它的食物。

侯教授还告诉我,多年前,她在东北某林区的一个养貂场搞调查时，貂场常有乌鸦光顾，刚出生不久的幼貂屡被乌鸦叼走，防不胜防。无奈，貂场便派一名猎手持猎枪整日守卫，乌鸦尝到了猎枪的厉害，再也不敢偷食幼貂了。然而，乌鸦并未就此作罢。当那名猎手一旦在貂场空手出现，群鸦即立时扑来，向他发起进攻。攻击的手段极带侮辱性——轮番从空中向猎手的头上排泄粪便。

说到这儿，侯教授在电话里爽朗地笑了。

乌鸦的嗅觉远比猎犬的嗅觉灵敏，善于发现死尸和腐肉。乌鸦是杂食性鸟类，特别嗜好吞食垃圾堆中腐臭的动物肢体，因此哪里有了动物的尸体，哪里就往往会有乌鸦的身影。慢慢地，乌鸦的形象就与烂尸腐肉联系在一起，倒因为果，乌鸦实在有些冤枉。

其实，乌鸦也未必与不祥之事相关。民间的乌鸦报喜之说也多有流传。

康熙年间某科乡试，华亭的董含应试后返里。一日，忽有群鸦数千只，飞绕其居宅，晓夜屯宿，声喳喳，驱之不去。家人咸以为不祥，村夫辈且谓噪主凶征之。好是者五日，及捷报至，鸦始散，人言亦息，群又言为报喜也。

对乌鸦的认识，因地域不同，其看法也不一样。

李时珍一定是做过翔实的调查和考证的。他在《本草纲目》

中写道:"北人喜鸦恶鹊,南人喜鹊恶鸦。"

　　古代中国,南方以农业经济为主,乌鸦糟蹋庄稼的事情屡有发生,是可以想象的。而北方是游牧民族地区,乌鸦对游牧经济是不会造成任何危害的。相反,乌鸦啄食牲畜身上的虱虫蚊蝇,清理草原上的烂尸腐败,对游牧经济倒有极大的好处。

　　乌鸦就是乌鸦,万千鸟类中的一族,种种是是非非,善恶美丑之说,都是人类加给它的。

　　对于乌鸦来说,重要的不仅仅是活着,而是怎样活得更快乐。

四

　　读清史才知晓,乌鸦竟与大清王朝有着不解之缘。先讲一段神话——

　　据传,从前有三个仙女,大姐叫恩库伦,二姐叫正库伦,三姐叫佛库伦。一天姐妹三人飘然下凡,在长白山下一个美丽、幽静的湖泊里沐浴,浴毕上岸时,一只乌鸦将所衔的一颗朱果置于三女佛库伦的衣服上。朱果鲜艳异常,佛库伦爱不释手,于是就把它含在口里穿衣服,刚要穿上衣服的时候,不料朱果滚入腹中,佛库伦即觉得自己已经怀孕,因而未能同二位姐姐一起飞上天去，不久就生了一个儿子。这个孩子生就能语，举止奇异，相貌非凡，他就是满族先人——爱新觉罗·布库里雍顺。

历经数世之后，布库里雍顺的儿孙们过于暴虐导致部属叛变，要杀尽他的子孙。其中有一个年幼的男孩叫樊察，脱身逃到旷野，正当樊察身后马蹄声声、尘土飞扬之际，恰巧有几只乌鸦栖落在路旁的幼儿头上，追兵疑为枯木，于是拨马而回，却被载入史册。《满洲实录》不仅在文字上详细记述了这段故事，而且还配有《神鸦救樊察》的图画。清朝历代皇帝为了不忘祖先创业之艰难，便以乌鸦为图腾。

《满洲实录》还记载"群鸦路阻兀里堪"的故事，说的是："九月内……九国兵马会聚一处，分三路而来。太祖闻之，遣兀里堪出探。行约百里至一山岭，乌鸦群噪不肯前往，回时则散，再往群鸦扑面。兀里堪遂回，备述前事。太祖曰：'从可扎喀向浑河探之。'及至，见浑河北岸，敌兵营火如星密……兀里堪回报太祖言：'敌国大兵将至，时近五更矣！'太祖曰：'人言叶赫不日来兵，今果然也'……"

又据《武皇帝实录》记载，满族"俱以鸦为祖"。据传，清初每年二、八月间必在盛京故宫（现沈阳故宫）和北京故宫的空地上撒谷饲鸦，并设专人看护"圣鸦"。前人在《清稗类钞》中曾记述过紫禁城的乌鸦："每晨出城求食，薄暮始返，结阵如云，不下千万。"

然而，乌鸦可以救樊察，可以路阻兀里堪，但乌鸦却救不了一个腐败没落的王朝，更不能阻止历史前进的脚步。

也许这件事，已掺杂进某种凶兆。《清宫二年记》记载，有一个太监，捉得一老鸦，系鞭炮于鸦之尾，点燃放之，老鸦飞去，飞至慈禧太后宫院，药燃爆裂，鸦遂焚身而死。

不久，恭亲王代皇帝到太庙祭祀，发现乌鸦的数量大减，再也见不到当初那种结阵如云，不下千万的盛况了。

这位大清帝国的亲王，老泪纵横，因为他已预感到清朝正在一步一步走向衰亡。

五

别国的乌鸦与中国的乌鸦大概没什么两样。

"东京也无非是这样。上野的樱花烂漫的时节，望去确也像绯红的轻云。"当年的鲁迅在这里留学时也许只留意了樱花和速成班的学生们头顶上盘着的大辫子，而疏忽了那些呱呱乱噪的乌鸦。总之，鲁迅关于东京的文字中，没有写到乌鸦。先生的课业太重，不必苛求了。

其实，除了樱花之外，乌鸦也是东京的一景：大街小巷，乌鸦的叫声随处可闻，乌鸦的影子随处可见。这些黑色的生灵，有的在垃圾堆旁觅食，有的栖在屋顶或电线上小憩。

乌鸦多得简直成灾。屡屡发生的"乌鸦事件"终于令日本人恐慌了。那些黑色的翅膀光顾的地方和惹出的麻烦当然不仅仅局限于东京。

据报道，最大的事件要数乌鸦往铁轨上放石块了。早在20年前，北海道地区就曾多次发生乌鸦在铁轨上放石块，影响列车正常运行的怪事。半年前，横滨附近东海道线、横贺线等铁路大动脉上，居然两度因铁轨上发现"可疑之物"而紧急停车，后经调查发现是乌鸦所为。

东京大学鸟类学教授（木通）口广芳等人为了揭开乌鸦恶作剧的原因，曾对"作案"的乌鸦进行了长达一个星期的跟踪，最终揭开了谜底。原来，在横滨电车路段附近有一处养鱼池，人们常把撕碎的面包投入池内，而散落在池边的面包块自然成了乌鸦的美食。乌鸦常把吃不了的面包藏到铁路两边基石下，以备断粮时取用。这些面包被水一泡，膨胀后粘在石头上，乌鸦为食用方便，便将粘有面包块的石头衔到铁轨上面。

更玄的是，日本的乌鸦还能记仇。据NHK报道，在东京，一位老人因讨厌乌鸦而将乌鸦窝从树上捅了下来。结果，愤怒的乌鸦不但记住了这位老人的长相,而且屡次袭击他。只要这位老人一出门,埋伏在附近的乌鸦便扑向他,连连发起进攻。如此竟达一个月之久。仙台附近的乌鸦,其聪明才智也令人吃惊。

仙台地区盛产核桃,成熟落地的核桃便成了乌鸦的喜食之物。最初乌鸦是将核桃从高处抛下,摔碎再食。不知何时,仙台一所汽车教练场一带的乌鸦"发明"了一种新办法:将核桃放置于即将驶来的汽车车轮前,借车轮之力碾碎核桃,这个方法很快在仙台乌鸦中普及推广。

日本的乌鸦聚居在城市里,最大的问题是破坏环境。乌鸦为了觅食,常常将已经用塑料袋包好的垃圾搞得一片狼藉,颇令环卫工人头疼。为此,人们想出了许多办法驱赶乌鸦。在北海道地区,人们发现海鸥是乌鸦的天敌,于是便把海鸥的叫声录下来置于垃圾站旁以驱赶乌鸦。这个办法起初还相当奏效,但不久乌鸦便发现其中有诈,这种方法随之失灵。后来环保部门将收垃圾的时间由早晨7点提前到5点,部分地区还采取用尼龙网将垃圾罩起来的办法。然而这些办法要在垃圾较多的城市里普及却相当困难。看来,要对付天性聪明的乌鸦,日本人还需下些功夫。

无独有偶,就在日本人为乌鸦而大伤脑筋的时候,俄罗斯的鸟类专家们却正在实施一项"驱鸟行动"。

克里姆林宫金色屋顶上整日盘旋着呱呱乱噪的乌鸦群着实令

时任总统叶利钦头痛不已。越来越多的莫斯科市民对乌鸦的噪声和粪便污染也颇有微词。《莫斯科时报》上接连发表文章，认为乌鸦的爪子破坏了克里姆林宫那些古建筑的屋顶。于是，根据鸟类学家的建议，莫斯科市政府做出决定：用放飞猎鹰和播放录有模仿乌鸦痛苦挣扎声音的磁带驱赶乌鸦。俄罗斯鸟类协会主席瓦勒里·伊利切夫说，采取"猎鹰磁带"的行动后，这些乌鸦显然处于惊恐状态，不再敢落在克里姆林宫屋顶了。

伊利切夫说，莫斯科的乌鸦数量已有些失控，这个有八百多万人口的都市至少栖息着一百多万只乌鸦。这次"驱鸟行动"的胜利会不会持久可能还是个问题，因为一百万之众的乌鸦群是不会轻易消失的。

六

除了变化之外，世界上没有任何事是永恒不变的。老子曰："反者，道之动也。"

人与动物的关系如何，取决于人类对待动物的伦理准则。

宽容是一种美德，然而，超过某个限度之后，宽容便不再是美德。

七

乌鸦之美,美在色彩。

古代先民崇尚黑色。掷骰子这种游戏就是一个证明。掷骰子首先源于占卜,进而游戏,最后才是赌博。"呼枭喝卢"就是一种尚黑心理,枭就不必说了,卢即是黑色。掷骰子出现了枭或者卢便是吉祥或胜利之彩了。

至今,我国的彝族、哈尼族、拉祜族、纳西族的服饰文化中,仍然崇尚黑色。

起初,乌鸦与太阳是同样的色彩,后来乌鸦的羽色为何变成了黑色呢?

相传,远古时大地有过一场洪荒之灾。洪灾之前,乌鸦向人间告知了这个不幸的消息,人们便躲避起来,未能绝灭。然而,洪荒却夺走了人间的火种。没有火怎样生活?人类请乌鸦帮忙到天神那里取火。天神不愿将火种传播给人类,便派左右痛打乌鸦,乌鸦无处可躲,就钻到锅底下,所以染得一身黑色。乌鸦的行为感动了天神的女儿,便偷偷把击石起火的秘密告诉了乌鸦。乌鸦飞回到人间,人类又重新有了火种。

看来,乌鸦是做了不少善事的。

乌鸦还是一种崇尚孝道之鸟。此种文字在古籍史料中多有所见。《说文》曰:"乌,孝鸟也。"《小尔雅》:"纯黑而反哺者,谓之乌。"李密在《陈情表》中把侍养长亲的情怀叫作"乌乌私情"。《后周书》载:"宗凛遭母忧去职,哭呕血,两旬之内,绝而复苏者三。每旦有群乌数千集于庐舍,候哭而来,哭止而去。"真乃人鸟相通,孝情交感,悲悲切切。

侯韵秋教授说:"迄今为止,乌鸦是唯一有史料记载的具有反哺行为的鸟类一族,目前尚未发现其他鸟类有这种孝道行为。尽管乌鸦的反哺原因还不甚明了,有待从更多的方面加以考证和研究,但可以肯定的是,其伦理意义要比生态意义大得多。"在一定意义上,说乌鸦是富有仁爱之心、忠孝之心的鸟,总不为过吧。

然而,乌鸦就是乌鸦,叫起来呱呱乱噪,音调不怎么动听,举止也不怎么高雅,它就是一种实实在在的鸟,而凤凰呢,则是一个根本不存在的虚拟物了。

古代文献中,文人们对凤凰有十分夸张的描述:"鸿前麟后,龙纹龟身,饮食自然,自歌自舞。"

同这种莫须有的东西相比,乌鸦的地位要低贱、卑微得多,如"乌合之众""鸦噪枯枝"。

随着凤凰这个不是东西的东西在古代文化中的出现,乌鸦的形象不仅不能保持原有的美感,反而渐渐失色了。而凤凰却在文人们的笔下多姿多彩，其神性和灵性甚至于被抽象到了美的极致。其典雅，其远奥，其精幻，其壮丽，无与伦比。

而乌鸦虽然做了那么多的善事，但乌鸦还是乌鸦。这实在是太不公平了。在这里，我要为乌鸦说句公道话。

乌鸦之不幸在于它走近了人类。由于相距太近，也就熟视无睹了。它的羽色、它的叫声、它的体态，人们太熟悉了。

谁见过凤凰？也许，越是虚无的东西，越容易得到推崇。假、大、空在中国能够盛行，不是没有原因的。

据说，乌鸦的两只眼睛，一只能看光明，一只能看黑暗。若真是这样的话，我想，人间的黑暗，人间的虚假，一定早被它看穿了吧。

天文学家说，最近几年，太阳里的黑子逐渐增多，且活动频繁，有聚群的趋势。

那黑子极像乌鸦。难道乌鸦看穿了人世间的一切后，便飞到太阳里去了吗？

乌贼之贼

乌贼，非贼非鱼。

乌贼是海里的无脊椎动物。没错，所谓无脊椎就是软体的动物吧。头一个把墨鱼唤作乌贼的人，一定是持着阴暗的偏见。怎么就是贼啦？为何不叫它乌龙、乌虎、乌豹，而偏偏叫乌贼呢？

乌贼就乌贼吧！倒也不一定是贬义哈。譬如，形容某美女眼睛有神，就说"那大眼睛忽闪忽闪的，贼亮贼亮"；再譬如，形容天气寒冷，就说"妈呀，天贼冷贼冷的，咳嗽一声都能冻成冰溜子"。这里的"贼亮"和"贼冷"，无非夸张一些，强化语气，渲染气氛，有"特别"的意思，跟作案的贼似乎没有一点关系。

退一步而言，我倒觉得乌贼的贼，叫得有劲儿、蛮实、上口、响亮。事实上，乌贼的贼，是一种智慧呢！

乌贼的身体像个造型怪异的口袋，内部器官，诸如肝脏、肾、鳃、肠子啥的，统统都在口袋里装着呢！头——那个眼睛叽里咕噜转动的短短的脑袋则像口袋的塞子；而触手——等等，我掰着指头数数，一二三……七八九十，好家伙，整整十条触手，居然都长在头顶呢！触手的内侧均有吸盘，吸盘具有一种强劲的魔力，抓鱼抓虾鲜有失手。它的腹部有一个漏斗般的管子——那是它的运动器官。游泳时，它尾部向前，头和触手紧贴成一条长带，肌肉一收缩，把进入漏斗的水猛地喷出来，由此产生极大的作用力，一弹一弹，推动身体快速前进。据说，科学家就是从乌贼的运动方式中获得灵感，设计和制造出了喷气飞机、喷气船和火箭。

乌贼的体内墨囊发达，能制造出墨汁，但要贮满墨囊则需很长时间。如遇敌害，不是万不得已，它也不会轻易喷出墨汁，而掩身潜逃。乌贼可以连续喷出五六次墨汁烟幕弹，迅速把海水染黑，雾幕可以持续十几分钟不散。

二战时期，美军频频使用的烟幕弹就是乌贼喷墨汁雾幕的原理吧。遇有险情，啪地喷出烟幕，给敌方造成麻烦。瞬间的黑暗，可以令其晕头转向，陷入迷阵。没有时间，自己创造时间，没有机会，自己创造机会，逃生高于一切，这就是乌贼的逻辑。

乌贼墨汁含有麻醉剂，可麻醉天敌的嗅觉，还能麻醉小鱼小虾等猎物，乘机擒之，作为美餐。

乌贼的肉、蛋、脊骨均可入中药。李时珍的《本草纲目》对乌贼有所记述，称其为"血分药"——专治妇女贫血、血虚经闭等病症。乌贼墨汁是制作黑色食品的好材料。西班牙黑色海鲜饭，就是用乌贼的墨汁烹制的。据说，在日本，墨鱼汁比萨、墨鱼汁面条、墨鱼汁饺子、墨鱼汁拉面、墨鱼汁面包等乌贼墨汁食品，广受宠爱。真是奇怪，日本人怎么好这口儿呢？

早年间，舟山群岛海域曾是中国最大的乌贼繁殖集聚区。说起乌贼，舟山老辈渔民会有讲不完的故事。一般而言，乌贼多的海域，必有抹香鲸。旧时，常有渔民在舟山群岛的海域，捞到龙涎香的传闻。那是类似大型水母的块状物，会漂浮在海面上。也有渔民在某个小岛发现过被冲上岛礁的龙涎香。

龙涎香，多么文雅的叫法啊！其实，直说了吧！龙涎香——不过就是抹香鲸吃掉乌贼后体内排出的物质——粪便。哈哈哈！这东西可以用于制作香水，价格昂贵。品质优异的龙涎香，一克的价格甚至相当于同等重量的黄金。而有的龙涎香块可以重达一百公斤。我在想，许多人前往舟山群岛，说不定都有一个秘而不宣的心理——碰碰运气，捞到两三块龙涎香的话，就赚大了。

乌贼里的大王乌贼，样子有点恐怖。它一般生活在大洋深处，个头长达十七八米，站立起来的话，像一座形状怪异的岛礁，触手伸出水面，越伸越高，能把桅杆顶端的旗子咔嚓一下撕扯下来，能把木船咕咚一声拖进海底。

抹香鲸是大王乌贼的天敌。面对性格生猛的大王乌贼，抹香鲸的每一次捕猎都不会轻易得手。它被大王乌贼搞得伤痕累累，甚至也有反被大王乌贼猎杀的情况。大王乌贼并非光会喷射墨汁烟幕弹，一逃了之。它其实还有致命的一招儿——出其不意地弹出触手，死死缠住抹香鲸的呼吸孔，使其窒息毙命。

同抹香鲸相比，或许，海豚是更狡猾的天敌。据说，海豚喜欢吃乌贼头。有时，一只海豚一天能吃掉几百个乌贼头。乌贼不是有墨汁烟幕弹吗？海豚是怎么近前的呢？是的，当乌贼遇到海豚时，便会拼命逃之。海豚哪里肯放过呢？当然是紧追不舍。当乌贼无法摆脱强敌时，就会立即喷射墨汁，把自己躲藏在黑色的雾幕中。然而，狡猾的海豚并不急于找到对手，而是冲出雾幕之外，静静观察，等到雾幕散去，乌贼现出身影，海豚便狠命扑上去，咬住乌贼的头。咔咔咔！吞进肚子里。

除了吃乌贼的头，海豚对乌贼的身体及触手理都不理，扬长而去。真是不可思议，身上的肉和软软的触手不是更好吃吗？是。可是，海豚只吃头。

大海风平浪静时，乌贼喜欢在海面上漂浮，无忧无虑，晒太阳的感觉，真好！然而，渔民出海时，也偶尔会看到海面上漂浮着无头的乌贼残体。那一定是在大海的某个地方，刚刚发生过一场惨烈的战斗。而结果,对于乌贼来说,注定是悲剧了。

舟山群岛的朋友阿彪告诉我,一只乌贼能产二三百粒蛋。它通常把一串串的蛋产在珊瑚礁石或海藻上,就像一串串晶莹的葡萄,粒粒饱满,随海水荡来荡去。沿海渔民就是利用乌贼这一特性,把一些树枝或者稻草,捆成一束一束的,投入海中,引诱乌贼来产蛋。

早年间,每逢乌贼汛期,金鸡山岛以北的里泗礁和外泗礁海域,是乌贼最喜欢产蛋繁殖的区域。此外,舟山群岛的黄兴岛有个叫南岙的月环形的避风湾,乌贼也极多。

据老辈渔民回忆,"贼汛"一到,南岙里乌贼多得乌泱乌泱的,引来抹香鲸和海豚争相食之。瞧瞧吧,海面上鸥鸟翔聚,鸟群像风中飘动的黑布,时而遮住了天空,时而盖住了海湾。为了繁殖后代,乌贼滚滚而来,哪怕有再多的危险也毫不畏惧。海湾,以往平静的海湾,像烧开了水一样翻滚沸腾。乌贼多得甚至连渔民的小舢板都很难划进南岙。老辈渔民说,一个"贼汛"下来,一个渔民可以捕一百五十余担(一担约一百斤)乌贼,真是累得手都软了。

我有些不解,大海如此之大,为何乌贼都挤到南岙的避风湾里来产蛋呢?阿彪说,因为此处岙口朝南,湾流平缓,日晒充足,水温适宜。另外,岙里海水中鱼虾、海藻、微生物等丰富,这里自然就成了乌贼最理想的产蛋场所。

我听得瞪大眼睛了。

阿彪从小在嵊泗水产大院长大。他说，他的童年弥漫着海腥味。由于那时没有冷冻设施，渔民把一担一担的乌贼担进水产大院后，家属就要赶紧劈鲞——剔除内脏，放出墨汁，制成乌贼干。他一放学丢下书包，就帮妈妈劈乌贼制鲞。飞溅的墨汁每天都能接好几桶。阿彪感叹，那时乌贼随手捞，大院晒满乌贼鲞。妈妈是水产大院里劈鲞能手，劈鲞数量无人能比。那把鲞刀锋利无比，手起刀落，快如迅雷。她每天能劈上千条乌贼鲞。白花花的乌贼鲞挂满架杆（也可摊在晒场上直接晾晒），一架连着一架，密密麻麻，场面甚是壮观。

可是，近年来，那种场面那种盛况再也见不到了。水产大院也成了蛇蝎乱窜，荒草连天的地方。此时，阿彪望着大海里的帆影，眼里充满忧伤。

过去，多得成灾的乌贼，这些年来，竟谜团般急剧减少。乌贼，都去哪里啦？

海洋，原本不是荒芜，不是冷清，不是一片寂寥的呀？

海洋，是一个巨大的生态系统，海洋里的生物种类甚至超过地球上其他任何地方。海洋，创造了生命。但是，今天它自己却出了问题。或许，海洋的问题，不是它自己的问题，而是我们的问题。我们无边的欲望会毁灭这一切吗？

乌贼非贼，亦非鱼，却偏偏叫墨鱼、墨斗鱼。它长相粗鄙、丑陋，不怎么讨人喜欢。但是，它的昨天和今天却带给我们一些重要的启示。

在某种意义上说，乌贼，奋力喷出的墨汁或许不是雾幕，而是一个警告的信号。生态是个整体，生态与每个生命息息相关。从海藻、微生物、小虾、小鱼、乌贼、海豚、抹香鲸……直至人类，都有一根看不见的线连着呢。

海明威说："每个人都不是一座孤岛，一个人必须是这世界上最坚固的岛屿，然后才能成为大陆的一部分。"

从生态的角度，该怎样理解海明威的这句话呢？我陷入久久的沉思。

第二章　草木华滋

木之极致

春光打了个哈欠，构便陡然睁大了眼睛，生出故事了。前几天还是寂寥的光杆儿，今天却是满身的绿了。是呀，一定是憋了一冬天的劲儿，都在这个早晨使出来了。叶子长得比草芽芽还猛呢！

构者，木也。另解，以木勾连组合之。

作为树，构既是乔木，也是灌木。构树的名字可真是不少，有的地方称作"皮树"，有的地方唤作"枸树""麻叶树""沙纸树"。然而，不论叫什么，它的名字虽然无高雅的成分，但更多的是散发着一股喧腾的泥土气息。

我的故乡东北那旮过于寒冷，没有构树。但在华北、华中、华南、华东、西北、西南等广大地区，都有分布。北京也常见此树，城区和郊区野生构树甚多。在中南海里工作的朋友说，菊香书屋旁边水面湖堤的石缝里，野生构树恣意横生。红红的构树果有点像杨梅。秋天，熟透的构树果，风一吹，满地滚，常引来喜鹊啄食。我居住的小区，也有构树。园艺师傅告诉我，构树不用种，喜鹊和鸟雀在啄食熟透的果子的同时，就把种子播下了。是啊，难怪南方一些寺庙里的塔上也有构树生长呢。

一棵构树就是一台空气净化器。它抗污染能力强，能吸收有毒气体，鲜有病虫害发生。构树是治理矿区、治理雾霾、治理有害环境的好树种。

李时珍《本草纲目》里所载的"楮"，即是构树。构树的果实及树根皆可入药。补肾利尿，强筋健骨。叶子捣成糊糊，涂在难以启齿的患处，还能治痔疮和牛皮癣。

据说，构树专家繁育出了一种杂交构树，生命力旺得很。像种韭菜一样种构树，一年能割三四茬。平茬后的构树如同吃了药一样疯长，一个月能长一米多高。割下的构树及其叶子加工成猪饲料，猪极喜欢吃。吃构树饲料养大的猪，被唤作"构香猪"。吃过的人说，肉质不同于普通的猪肉。肉紧实，有肉味，格外香。

构树的蛋白质含量高，适合做饲料，可与紫花苜蓿媲美。除了猪嗜吃，牛羊马驴鸡鸭鹅也喜欢食之。有人用这种饲料去喂水塘里的鱼虾鳖蟹，想不到的是，它们也喜欢得不得了。一投食，水面沸腾，争之蹦之跳之，水花四溅。

构树把自然法则和经济法则叠加在一起。构树适生性强，田头地边、塘畔渠沿、荒山荒地、矿区废地都可以种，根本不必占用耕地农田。种构树，发展构树饲料养殖业，是贫困地区精准扶贫的好项目呀。乡村振兴也找到了属于自己的逻辑。因之构树，农人粒粒饱满的日子里有了更多的底气和自信，也有了更多的快乐和幸福。

构树皮的价值被认识较早，远古时的人就用来结绳了。构树皮富含纤维，柔韧性强，至今渔船上或者工地上用的缆绳，也多半是用它做的。怎么拽，怎么拉，怎么折腾，也不断。拖船，拖网，拖器具，拖辎重，结实得很。

构树皮还是造纸的好原料。史料记载，当年，蔡伦造纸的原料主要就是构树皮。一般农历二月至三月间，是采集构树皮的最佳时间。错过这个时间，构树皮的品质就差了，就打折扣了。

民间作坊里，造一张纸，从采料到揭纸，共有七十二道工序。工艺极其讲究。构皮纸呈奶乳色，亮度柔和。性格内敛，脾气稳健。云南腾冲一带的山民称其为"腾纸"。翻过几座山岭，到了叙永那边，就被称作"精纸"了。旧时，乡间中药铺包中草药用的包装纸，就是构皮纸；杂货店包烟草、包糕点用的包装纸，也是构皮纸。此纸一则无异味，不会使包装的东西"串味"；二则经久耐磨，轻易不破裂。别的纸做包装纸行不行？也行。不过，别的纸韧性差一些，或者太软，或者太脆，或者太棱，容易破裂，容易损毁被包着的东西。想想看，一包很讲究的美物，咔哧一声，包装纸破裂了，就会弄出难堪，生出烦恼了。构皮纸则不，构皮纸做包装纸带给人的皆为愉悦。

　　此纸，还是匠人扎灯笼、扎龙灯的首选。也可制作鞭炮、制作导火索和灯芯。当然，也是制作油纸伞必不可少的好材料。毛主席去安源带的那把油纸伞，还有戴望舒诗里结着愁怨的姑娘撑着的那把油纸伞，该都是构皮纸涂桐油做成的吧。

　　旧时，中原、西北一带把构皮纸称作"皮纸"。延安枣园窑洞里的小炕桌上，至今还放着一本发黄的毛主席《论持久战》的小册子。据说，当时印制此书的纸就是"皮纸"，即构皮纸。

　　构树实在是有故事的树——洛阳纸贵（广告词古人早就为我们写好了）。构树跟"洛阳纸贵"有什么关系呢？很多年前，一位叫左思的洛阳才子苦熬十年写出了名篇《三都赋》（《魏都赋》《蜀都赋》《吴都赋》），开始没人理睬，后来他的朋友找了个名人作序推荐后，轰动了洛阳城，人们争相传抄。传抄得用纸啊，一时间洛阳的"皮纸"价格嗖嗖上涨，一刀纸由一千文，涨到一刀两千文、三千文。"洛阳纸贵"的成语就是这么来的。

　　这个世界极致的东西有两个——精神的极致是《圣经》，物质的极致是钞票。然而，不论是精神的极致，还是物质的极致，都需要用纸来体现。《圣经》用什么纸印制的？不知道。钞票用什么纸，至少人民币用什么纸印制的，还是多少知道一点的。

当然，这是绝密了。不过，绝密的内容主要是用什么油墨和如何防伪，而不是用什么纸。因此，说几句倒也无妨。人民币的主要材料是构树皮木浆和短棉绒，其他添加材料应该也有一些吧。其他材料是什么材料？别问我，问我我也说不清。

恐怕人人都有这样的体会：人民币光洁、坚韧、耐折、挺度好、抗腐蚀、不易损坏。用手抖一抖，会发出一种令人兴奋的脆响。这就是构皮的成分在里面暗暗发力呢！

然而，面对喧嚣和高度物质化的世界，我的内心倒是时而产生一种隐忧——当构树的生长速度赶不上印钞速度的时候，一定不是构树出了问题，而是人的欲望出了问题。

苔藓笔记

朋友斧子跟我说，看见苔藓就想起老家。斧子说，老家门前台阶上的石缝里长满苔藓。那长满苔藓的台阶上有斧子童年欢乐的记忆。在雨后的苔藓里，斧子捉过粉红色的蚯蚓；在烈日晒蔫苔藓的日子，斧子数过搬家的蚂蚁。当然，也在长满苔藓的台阶上摔过屁墩，生疼生疼。说罢，斧子怅然地望着远方。

或许，每个人的记忆里都有一丛苔藓。绿茸茸，柔软，湿润。

苔藓，非菌非蕨非草非木，无花无果，有茎有叶没有根。人说无根的东西不靠谱，就像潘金莲脸上的胭脂。苔藓却不然，它不会稍纵即逝，不会随风飘散，不会离经叛道，甚至，也永远不会腐烂。在这个意义上说，苔藓的灵魂不朽。

时间之外，一定还有一个苔藓时间。苔藓时间存在于静态里，存在于我们的想象无法抵达的深处。苔藓时间是长了牙齿的时间，能把石头吃掉，能把格局改变，能把空间解体。在阴暗潮湿之处，在残破不堪之中，浮生出新的气象。

在长白山，我曾看见山民用苔藓包裹刚刚挖出的人参，在早晨的集市上出售。那苔藓，薄薄的一层，还带着露珠。山民说用原生态的苔藓保湿保鲜，才能保证人参的品质和性格不变。苔藓没有疆域，地球上任何角落都有它的身影，只是需要时间和湿度。苔藓不畏严寒，在厚厚的冰面或者积雪下照样生存。苔藓，是冬天北极驯鹿仅有的食物。在苍茫的天际里，驯鹿能够闻出它的气味。前蹄刨开积雪，只要找到苔藓，就可以度过漫长的冬天了。苔藓与驯鹿之间，存在着一种神秘的联系吗？

苔藓分明长着耳朵。它能听到水声、风声、雷声，能听到山林里竹笋拔节的声音，能听到藤蔓伸腰打哈欠的声音，能听到花开朗笑的声音。如此，声音听得多了，浅的苔藓也便深了，薄的苔藓也便厚了，疏的苔藓也便密了，散的苔藓也便聚了，瘦的苔藓也便肥了。

苔藓在改变着世界的同时，也在创造着世界。

它是植物里的"涉禽"，喜阴、喜湿、喜水。它知道水的来处，知道水的去向。远看，是典籍文字里的渑，模糊不清，朦朦胧胧；近观，是水畔木屋时光里的闲，慵懒如沙发上发呆的女人和旁边睡觉的猫。丢在沙发下的是张爱玲的小说，书角折了，折就折了，不管。

苔藓远离所谓的艺术。画家画竹、画兰、画梅、画菊，没有哪个画家去画苔藓。这不怪画家，因为画家的心里长出了苔藓，遮蔽了画家的眼睛。苔藓，是五星级酒店大堂门口的脚垫。脚，无视它的存在，踩来踩去。有臭脚、有汗脚、有酸脚、有乳香的脚、有长着脚气的脚。因之有自己的信念，才有了耐心和坚韧。苔藓，是踩不死的。

苔藓几乎没有脾气，一言不发，悄无声息。它有一种隐忍的气质，我们很少听到有关它的消息。它对任何植物不构成威胁，不与树木争强，不与花草抢眼。然而，看似卑微，实则有着超强的修复自然的能力。苔藓，是锔盆、锔碗、锔锅、锔缸的钉吗？尽管我们已经很难见到锔匠，很难见到那万能的钉了。在修复的过程中，苔藓稳固了土壤，稳固了植被，保持了水分，增强了自然的免疫系统。在修复的过程中，它缝合瑕疵和遗憾，缝合疲惫和恐惧，用柔情和慈爱去抚慰大地受伤的心。

依照寻常的思维来看待苔藓，有些不太符合逻辑。不用耕耘、不用播种，它却在我们忽略的角落不可思议地长出来。这到底是怎么回事？

它从来就不是主角，甚至连配角也不是。它表现出迥异的生活形态，在不可能的地方表现出可能。它长在峭壁上，长在废墟上、长在老瓦上、长在树皮上、长在井台上、长在乌龟的甲片上、长在蜗牛的脊背上。它不占空间，几乎没有多少重量。它可以连续五十年呈休眠干燥状态。只要喝一次水，即可醒来，睁大眼睛。看不见它生长，可它一刻不停地在生长，即便在我们的梦里。

是的，生命的本质，是我们无法看穿的。苔藓演绎的故事，始终是个未解之谜。林奈说："自然从不跃进。"这位眼窝很深头发卷曲的植物学家或许搞错了，其实，苔藓无时无刻不在跃进。虽然这种跃进我们无法看到，但却能够真切地感知，它有一个伟大的梦想。

所有生物皆以繁衍种群为目的，苔藓是例外吗？

在浙西山区某地，斧子拿着手机拍来拍去。起初，我以为斧子在拍那高大的古树和古树下的村落，到近前才发现拍的是苔藓。小溪边的苔藓、台阶缝里的苔藓、古树干上的苔藓、老屋墙角的苔藓、天井四周的苔藓。

那些苔藓，泛着幽幽的光，润润的湿，升腾着雾霭，仿佛云蒸霞蔚的幻景一般，弥漫着鲜活的气息。我吃惊地瞪大眼睛了。

木榨茶油

七月半，

茶籽乌一半。

过中秋，

茶籽乌溜溜。

民谚里往往透着经验和智慧。茶籽的成熟程度是跟着时令的变化而变化的。这里的茶籽是指油茶籽。衢州常山，是野生油茶天然分布区，宋末元初时，就已经大量种植油茶，1935年，茶油产量就已达到了四十万公斤。民间有族谱载道，各房裔孙不得砍伐油茶，违逆者，或断臂，或断指，或沉塘。好家伙！在常山，油茶就是这样得到了最严厉的保护。一件事物的传承延续，有时可能得益于民间的规矩。或许，这就是例证吧。

从小吃茶油长大的毛主席对油茶怀有很深的感情，毛主席说过:"要大抓木本粮食,大抓木本油茶,建设炸不烂的油库"。显然,毛主席说这番话是有背景的,当时美国对中国搞经济封锁,食用油比石油还紧缺。谁也靠不住,只有靠自己。油茶生长在山岭上,是中国本土木本油料植物,不怕飞机大炮的狂轰滥炸。种油茶,建山上的油库,光是给浙江一个省下达种油茶的指标就达一千万亩。很快,周总理主持召开全国棉粮油会议,听取各方面意见,研究怎样建设"炸不烂的油库"。当时,参加会议的常山县委副书记于耐毅是油茶之乡唯一的代表。会议代表的名册就在周总理的手上呢,在讲到油茶问题时,周总理说:"常山的于耐毅同志,你讲讲嘛,你们那里是怎么发展油茶的!"在那样的场合,常山及常山人被周总理点名,常山油茶从此天下闻名了。

早年,在常山的乡间,木榨油坊同碾坊和豆腐坊一样寻常。这种被称为"木龙榨"的榨油方式,又被称为"对撞子"。因为所谓"木龙榨"完全是通过肌肉发达、臂力惊人的油匠师傅挥舞油槌撞击木榨达到出油的目的。这种极为原始的榨油方式,粗犷、豪放,甚至有几分野性的意味。

明代的宋应星在《天工开物》中记载:

凡榨木巨者,围必合抱,而中空之。其木樟为上,檀与杞次之。此三木者脉理循环结长，非有纵直纹。故竭力挥椎，实尖其中，而两头无璺折之患，他木有纵纹者不可为也。

这段文字是说，做榨木的只有樟木、檀木和杞木的巨木合适，若是没这三种巨木怎么办呢？宋应星早替我们想到了：

中土江北少合抱木者，则取四根合并为之。铁箍裹定，横栓串合而空其中，以受诸质，则散木有完木之用也。凡开榨，空中其量随木大小，大者受一石有余，小者受五斗不足。

我于常山走动时，在新昌乡黄塘村一处老油坊看到的"木龙榨"，曾深深震撼了我。一般而言，木榨油坊必建在溪流边。因为，碾磨油茶籽要有水车才行，而水车要有水才行。有一位叫高星的学者说，几乎所有的原始生产工具都是从圆周运动中得到动力。还真让他说着了，水车遵循的也是圆周运动的原理，而水则是水车的动力之源。木榨榨油的工序比较繁细，包括采果、堆沤、晒果、脱壳、晒籽、碾粉、过筛、烘炒、蒸粉、包饼、榨油、过滤等十多道工序。按照采收季节不同，油茶有寒露籽和霜降籽两种。适时采收，才能保证出油率。每年寒露和霜降一过，人们就挎上背篓，系上布兜，上山开始采摘茶果了。茶果采回家，经过堆沤、晒果、脱壳、晒籽等工序，即可将茶籽担到油坊榨油。从一颗颗饱满的山茶籽，变成一滴滴色泽金黄、清香四溢的山茶油，那是个辛苦而又欢快的过程。

　　沈从文在他的小说中描写过油坊和榨油情景。不过，沈从文湘西老家的油坊似乎没有建在水边，因为他描绘的油坊里碾油茶籽的动力不是水车，而是三头黄牛。可惜哟，沅江的水就那么白白流走了。

　　榨油是个力气活。油匠师傅告诉我，一般四斤油茶果出一斤油。每次压榨得填满二百多斤油茶饼，一天得榨三五车，近一千斤。"哎呀呀，一天撞下来，人都快累瘫了。"

　　碾粉是榨油的一个重要工序。就是将晒干的茶籽放入大碾槽中碾成粉末。磨碾以水车作为动力，用水碓碾粉。碾碎后的茶粉要过筛，筛是特制的。过筛后的茶粉倒进特制的平锅（呈四十五度斜角）里烘炒，去除水分。烘炒是一道十分讲究的工艺。火太猛，茶粉容易烧焦，影响茶油的色泽和清香度；火太嫩，水分不能完全散发，同样会影响茶油的纯度和品质。技术过硬的师傅，才能将茶粉炒得松而不焦，香而不腻。这是真功夫呢！靠日积月累练就出来的。

　　接下来就是蒸粉和包饼了。蒸粉的蒸笼是专用的。外形如蜂筒，将炒好的茶粉倒入其中，蒸熟蒸黏，为包饼做好准备。包饼不但要求有良好的腰力、臂力，还要有相当的巧力、准力。包饼师傅事先将三个铁匝叠放在平地上，扭一个叫"千金秆"的稻草结，呈放射状铺在铁匝上，作为包饼底衬，然后将热气腾腾的茶粉倒进铁环中，赤着脚飞快地将茶粉踩平踏实，形成一个圆茶饼。包饼的过程有讲究，如果稻草结没扭好，茶饼一拎就散。饼包厚了不行，影响出油率；饼薄了也不行，饼粉藏在铁匝里榨不干，出油率更小。一般人不知道，包饼师傅的一双手就如同一杆秤。每一百斤茶籽包十二块饼，每块饼榨干后重六斤半，上下不得差三两，这是有严格要求的。包好的茶饼，叠放在一起，就可以统一放到木龙榨里榨油了。这是茶油制作的中心环节，俗称"打油"。传统的木龙榨，重超千斤，用一根或两根大硬木镂空制成，横摆在榨油坊的显要位置，看上去活像一条长龙，当地人称其"木龙榨"。一般来说，每家油坊至少有两架木龙榨，每架木龙榨可放四十块饼。

　　油匠师傅们沉默寡言，只是埋头做事。

　　一切准备就绪，即以硬木专门制作的油槌大力撞击扦头，不断挤压茶饼榨出油来。为了消除疲乏，增强干劲，油匠师傅编创了许多劳动号子，一边用力撞击，一边喊着号子。

　　嘿噜呀！——安噜也！

加把劲啊！——使劲砸啊！

龙神肚出油啦！——哎嗨吆！

撞头重重打啊！——呀啦嗨！

茶油喷喷香啊！——嗨呀嗨！

那号子铿锵有力，排山倒海，气壮山河。那号子伴着撞头重重的撞击声，奏出了山村最朴素的交响乐。清香明亮的茶油从龙榨口慢慢渗出，随着号子越来越响，油流淌得更欢了。油匠师傅在枯燥劳累的榨油过程中，创造出许多技巧动作，那可是真正的民间舞蹈呀。油匠师傅单膝跪地，让油槌的槌头朝天而立，然后"呼"的一声狠狠打下去，这招叫作"一枝香"；两个师傅背靠背来回打油较劲的，这叫作"鲤鱼穿梭"；油匠师傅突然猛地向后退几步，手中油槌凌空飞起，在号子声中撞向扦头，整个"木龙榨"被撞得前后摇晃，这就是所谓的"老虎撞"……浑厚整齐的号子声撩拨人心，像是从遥远的地方穿透层层阻隔而来，粗犷潇洒的榨油动作，自始至终传承着山民勤劳朴实的宽厚情怀。

恰巧，当我在黄塘村木榨油坊拍油匠师傅劳作的照片时，一个大巴车上下来一批光大白腿穿长筒黑皮靴的模特前来参观。那些美女不放过任何上镜的机会，抄起油槌就做表演状，其中一个失手险些敲掉一个旁观者的脑壳，令众人大惊失色。

木榨拒绝一切矫揉造作，虚情假意，娇声嗲气。木榨对所谓的时尚和流行说不。

木榨老油坊是黄塘村的标志性符号。有老油坊在，有"木龙榨"在，就说明黄塘村的历史还喘着气，血肉和精神还活着。

如今，在南方的许多小街巷里，常能见到一种全新的袖珍榨油机，只需几分钟，将茶籽倒入榨油机漏斗槽内，打开电源开关，金黄的茶籽油就源源不断地流出来了。新型电力榨油机出油率高，耗损少，工序简单得仅剩几个抬手就能完成的动作。何况，价格便宜。一个小老板告诉我，一台质量上乘的袖珍榨油机才不过一千余元。省时、省力、省钱，实在是好。何况，那些大型的现代化的油茶加工企业正在崛起，更令"木龙榨"无可奈何花落去。高速发展的社会，效率的丧失便意味着被淘汰。由于"木龙榨"工序繁多，过于耗费时间和体力，因而最终不得不面临着消亡的结局。

一些山村的老油坊已经很破败了，不成样子了，但我可以肯定，关于乡村的记忆和灵魂还在"木龙榨"的肚子里眨着眼睛。在现代化的进程中，许多古老的生命受到无情的冲击，性格没了，年龄没了，个性记忆被删除得干干净净，我们已经无法感知和认定乡村的文化性格和精神历程了。而黄塘村的"木龙榨"则为我们保留了一份难得的记忆。看到"木龙榨"，就像看到了慈爱而温暖的老祖母，踮着小脚，捧一把米，"咕咕，咕咕"丢给小鸡。在老油坊里，在"木龙榨"的近前，浮躁的心，会得到片刻安歇。

经历了岁月的淘洗，古老的"木龙榨"以其特有的生命力延传至今，它榨出的茶油散发着醇厚的油香，沁人心脾，绵久悠长。

抚摸着那古老的"木龙榨"，我忽然想起日本手工艺大师柳宗悦说过的一句话："好的器物当具谦逊之美，诚实之德，坚固之质。"好嘛，按照柳宗悦的标准，也许，"木龙榨"就是这样的好器物。

傍晚，"木龙榨"安静下来了，老油坊安静下来了，黄塘村安静下来。只是偶尔传出一两声狗吠。这和白天相比，形成巨大反差。黄塘村有足够的自信对抗外部的诱惑。它不在乎外界的议论和评价，也不太需要市场经济的烛光照亮这里。因为，它有自己的准则，自己的规矩，自己的秩序。不浮躁，不慌乱，不盲从。

黄塘村的"木龙榨"固执地保持着自己的本色，秉持着自己传统和精神。许多东西并不需要改进，只需要固守。多少年来，我们是改进的太多，固守的太少。在民间文化日渐消失的今天，固守是多么的不容易啊！

也许，机器榨出的茶油就是茶油，看不到人的身影，没有体温，没有趣味。而"木龙榨"榨出的茶油则不仅仅是茶油了，它还赋予了茶油更多的故事，更多的时间和更多的心情。

与其说"木龙榨"是一种传统守旧的榨油方式，倒不如说"木龙榨"表现了黄塘村人对待生活的一种态度。我喜欢。

首草有约

> 深山无闲草,闲草也是药。
>
> 何谓药?与草有约,谓之药。
>
> ——采访札记

一

古代量器,从小到大,依次为:龠、合、升、斗、斛。

怎么计量呢?——二龠一合,十合一升,十升一斗,十斗一斛。斛,乃最大的量器了。

在古人看来,人的身体就是一个容器。身体羸弱即是容器空虚了,需要补之、填之、充之,使其满盈,继而强健。用什么补?用什么填?用什么充?还用问吗?当然是用规格最大的量器了。

石斛，不过是自然界的一种草，古人却用最大的量器来命名，可见，此草在古人心里的地位了。那意思是少于十斗米不换的草，一斛相当于十斗嘛！相当珍贵呢！事实上也确实珍贵。石斛这种东西往往生长在深山悬崖峭壁上，要得到它，可不那么简单。采药人攀爬过程中稍有不慎，就有跌入万丈深渊的危险。

黔西南山区，鬼魅般的喀斯特地貌，变幻莫测的气象，加之丰沛的雨水，弥漫的雾气，使得乔木、灌木、竹藤、草等植物在这里疯长。在这里，石斛是某些人的重要经济来源。

崖壁上晃动一个人的身影。他叫贡嘎，背着背篓正在那里采草药。他今天的运气不错，采到了一丛黑节草。贡嘎有些兴奋，心怦怦跳，因为一丛黑节草，就等于是一叠厚厚的钞票。

贡嘎的儿子高考刚刚结束，听老师的口风，儿子被民族师范学院录取应该不成问题。虽说学师范费用低，但总还是需要一些费用的。怎么说也得给儿子买件新衣服，还有脸盆、牙具之类的生活用品。他得迅速赚来儿子上大学的费用。攀爬崖壁采草药是很危险的，寨子里已有多人为此丧生。不过，在贡嘎看来，自己的这次冒险还是值得的。

下到崖底，贡嘎取下背篓，用一团苔藓小心翼翼地把那丛黑节草包好，轻轻按了按，又重新放回背篓里。他不经意地觑了一眼崖壁,心里忽然又生出一种怅然的感觉,黑节草越来越少了。

贡嘎是个黑脸膛的布依族汉子,识字不多。贡嘎说,他从九岁就跟阿爸攀崖壁采黑节草,今年再有两个月就满五十岁了,采药采了四十多年,采到的黑节草汇集到一起,能堆成一座山了吧。他嘻嘻笑了。贡嘎说:"小时候,阿爸就跟我讲,采黑节草不能挖绝,要挖一半留一半,留着过些年再来采。人不能把事做绝,弄绝了,下一代采什么呢?"

有人告诉贡嘎,黑节草是国家法律保护的珍稀植物,禁止挖采了,非法挖采要蹲局子的呢!

什么?蹲局子?贡嘎的腿突地抖了一下,瞪大惊愕的眼睛。

二

黔地民间,把铁皮石斛称作黑节草。

尽管铁皮石斛属于稀有之物,身价不菲,但它从来都很低调,不张扬,无锋无芒,悄无声息地蛰伏在背阴的潮湿之地,守望着承诺和信念,与其相伴的是石砾、枯木、落叶、露珠和嘶嘶虫鸣,还有苔藓、苔苇、杂草、薄雾和满天星星。

从生物学角度来说,石斛的生长具有附生性和气生性,也就是说，它不是独立存在的，而是附着在石头或者树体上，通过根系吸收空气中的养分及自身的光合作用，来维持生长。石斛的生命力极强，采回的鲜条，在自然条件下，至少三个月以上的时间才能脱水。次年，石斛干条只要喝饱了水，就会睁开眼睛，伸展经络，舒展筋骨，昂扬饱满地发芽开花，生长出新根。

  石斛作为药用最早见之于秦汉时期的《神农本草经》。屈指算算，距今有两千年的历史了。《千金要方》中对石斛是这么描述的："味甘，平，无毒。主伤中，除痹，下气，补五脏虚劳，羸瘦，强阴，益精，补内绝平胃气，长肌肉，逐皮肤邪热，痱气，脚膝疼冷痹弱。久服浓肠胃，轻身延年，定志除惊。"此书用词极讲究，"中"为何意？内脏也。能用一个字说清的，绝不用两个字，该用两个字才能表达准确的，绝不少一个字。寥寥数语，把石斛的功能和应用范围说得清清楚楚了。

  再看看李时珍《本草纲目》是怎么说的。

  《本草纲目》载道："石斛丛生石上，其根纠结甚繁，干则白软，其茎叶生皆青色，干则黄色。开红花。节上自生根须，人其折下，以砂石栽之，或以物盛挂屋下，频浇于水，经年不死，俗称'千年润'。气味：甘，平，无毒。"

  李时珍不惜笔墨，连怎么栽植，挂在什么地方，怎么浇水都告诉后人了。尽管如此，李时珍还是没有写清楚，那石斛到底是什么石斛呢？能入药的石斛可有几十种哩。不过，依照他的描述可以判定，他笔下的石斛应当是铁皮石斛了。

据说，道家有一部典籍叫《道藏》，列出了"九大仙草"。排名为：

铁皮石斛

天山雪莲

三两重人参

百二十年首乌

花甲茯苓

肉苁蓉

深山灵芝

海底珍珠

冬虫夏草

铁皮石斛名列魁首，具有至尊的地位。铁皮石斛，因表皮呈铁青色而得名。茎丛生，圆柱形，肥壮饱满。长茎着花时略弯垂。叶三至五枚，常互生，呈两列，生于茎上部结节上，长圆披针形，先端钝而略钩转，边缘和中脉淡紫色。花序生于无叶的茎上部结节，有回折状弯曲，花瓣或淡黄色，或黄绿色，或白色。

石斛，兰科植物中的一个大家族。它的种类很多，全世界有一千五百多种，我国有七十六种。秦岭以南诸省区都有分布，尤以云南、贵州、四川、广西种类最多。生长在人迹罕至的悬崖峭壁上，崖缝间，常年饱受云雾雨露滋润，集天地之灵气，吸日月之精华。

资料显示，我国的石斛能够入药的有五十一种。《别医名录》曰："七月、八月采茎，阴干。"石斛以茎入药。"三月茵陈四月蒿，五月砍来当柴烧。"这句话的意思是，采药要按时节进行，不按时节采药，那药就跟柴火没什么两样了。采石斛的最佳时节是七月或者八月，入药的是茎，而且要阴干，不是晒干。中药材的哪个部位入药很有讲究，部位不同药效不同。就说当归吧，当归头止血，当归身补血，当归尾破血（催血）。一般来说，入药的石斛，是专指生于岩石及其缝隙间的石斛。石斛石斛，生于"石"的斛，才是石斛嘛。而附生于树木之上的石斛属植物，称之为木斛。石斛与木斛有什么区别呢？李时珍曰："石斛短而茎中实，木斛长而茎中虚"。一短，一长；一实，一虚。看来，二者还是很容易区别的。

木斛可不可以入药呢？还是翻翻药书典籍吧。

《本草图经》曰："惟生石上者胜。亦有生栎木上者，名木斛，不堪用。"而《本草经集注》则曰："生栎木上者名木斛，其茎形长大而色浅……今始安亦出木斛，至虚长，不入丸散。惟可为酒渍，煮汤用尔。俗方最以补虚，疗脚膝。"

一说不能入药；一说不能搓药丸子，但是泡酒喝，煮汤吃还是可以的。可是，用木斛泡的酒，用木斛煮的汤算不算药呢？严格说，还不能算，只能说是药酒和药膳，至多算是滋补品吧。

道家有"吃铁皮石斛成仙"的说法，按照此说，民间广泛流传的汉钟离、张果老、韩湘子、铁拐李、曹国舅、吕洞宾、蓝采和及何仙姑，莫非都是吃了铁皮石斛才得道成仙的吗？然而，这毕竟都是神话传说，不足为信的。但是，在民间，铁皮石斛的确又有"还魂草"一说。有谁奄奄一息快不行了，然后吃了铁皮石斛，就如何如何了，铁皮石斛似乎确有一种无法说清的神力。

在黔地民间，小儿发烧，目赤肿痛，虚火牙痛，用铁皮石斛退烧止痛倒是很常见。特别是退烧的效果明显，对各种原因引起的发热，只要将铁皮石斛捣碎，和水吞服，不消半个时辰就可起到退烧作用。

我没试过，姑妄言之，姑妄听之罢了。

三

"取茎舍花"这是一个错误。

过去，受传统药典的影响，人们只盯着铁皮石斛的茎了，而花，一度被药学界忽略了。

花，正在归位。

近年来，铁皮石斛花的药用功能也被人们逐渐认识。据说，铁皮石斛花有解郁的功效。能使人心情开朗，缓解精神压力。某诗人和某杂文家，都是因抑郁症无法解脱而自杀。一卧轨，一自缢。他们生前没找些铁皮石斛吃吃吗？不得而知。若常吃吃，或许不至于是那样的结果吧？唉，可惜了他们坚实的文字和横溢的才华。

我在黔西南走动时，吃过的一道菜，印象深刻。

那是一顿会议（推进中药材产业发展会议）工作餐，当时，大家都吃得差不多了，服务员却又端上来一道菜。大家一看不以为然，无非什么东西炒鸡蛋嘛！便没有几个人动筷子。我用筷子夹起，尝了一口，又香又脆，口感和味道都很特别。我问服务员这是什么炒鸡蛋呀？服务员回答，铁皮石斛花炒鸡蛋。大家闻之，呼啦一下全都抄起筷子，一盘铁皮石斛花炒鸡蛋瞬间只剩下盘底的油珠珠了。事实上，品尝这道菜也是那次会议的内容之一。只不过，事先没有告诉大家而已。

在场的一位药学专家说，患有抑郁症的人，长期食用铁皮石斛花能够减轻或消除抑郁症状。大家听后都笑了，说为了不得抑郁症，能不能再来一盘铁皮石斛花炒鸡蛋啊！服务员闪到身后只是笑，不语。

当然不语。有人说："好家伙，说得轻巧，你们吃得起，人家还做不起呢！知道一斤铁皮石斛花几多价格吗？"

"几多？"

"……"

"啊！……"

四

每个女人都爱美，每个女人都有一个梦想。

武则天是最把颜值当回事的女人，到处求秘方，求长生不老药。当朝御医叶法善精心研制出了一个由三味药材配制的秘药，武则天照方子日日服用，从不间断，时间长达五十年之久。虽每日朝政千头万绪，但武则天依然精气神十足，光彩不减。

秘密何在？

当然与那秘方不无关系。秘方后来解密，那三味药分别为：其一，藏红花；其二，灵芝；其三，就是铁皮石斛了。

"药王药王，身如星亮，穿山越谷，行走如常，食果饮露，寻找药方。"这个药王就是孙思邈。

孙思邈尝百草，著作亦甚丰，以《备急千金要方》《千金翼方》最为著名。他还注重养生，对铁皮石斛偏爱有加，并以此作为自己的养生之本。据说，孙思邈还专门为武则天炼过仙丹。那仙丹里的成分有没有铁皮石斛呢？"药王"一生历经多个朝代，一说活了一百〇二岁，一说活了一百四十一岁。不知哪个说法准确，反正超过百岁是可以肯定的了。或许，孙思邈长寿的秘诀就是长期食用铁皮石斛吧。生嚼，鲜的。吧唧吧唧吧唧……

史料记载，乾隆爱吃铁皮石斛炖的汤，主要是铁皮石斛炖的排骨汤。不说天天吃吧，但三天两头吃是言不为过的。朝廷为他八十岁的寿辰举行庆祝活动，邀请两千名超过百岁的长者出席国宴。乾隆高度重视此事，亲自审定菜单，见菜单上没有铁皮石斛炖排骨汤时，断然提笔加了上去。如此盛大的筵席，怎么可以没有铁皮石斛炖排骨汤呢？

光绪二十二年，李鸿章出使英国，时年已经七十四岁。当时的大清国处在内忧外患中，临行前的李鸿章患有严重的哮喘病，咳喘连连，头晕眼花。这怎么行呢？怎么说也是代表着大清国形象啊！慈禧把自己日日服用的秘方赐给李鸿章，说爱卿啊，你照方子把这六样东西泡水煲汤，一路服用，到英国之前一准会好的。李鸿章照方子做了，果然有效果——咳喘止住不说，睡眠也好些了。李鸿章大赞其妙。

那方子上的六样东西都是什么呀？铁皮石斛、阿胶、灵芝、燕窝、龙眼肉、茯苓。瞧瞧吧，又是铁皮石斛列首位。

到英国后，李鸿章将随身带来的铁皮石斛作为国礼送给伊丽莎白女王（当然，自己服用的得留够）。女王服用后感觉也非常好，请李鸿章带话对慈禧表达谢意！从此，铁皮石斛成了英国王室的养生奢侈品。

随后，英国的一些传教士、植物学家、医生来到中国，在西南山区以传教或行医为名，寻找采集铁皮石斛，蓝眼睛贼溜溜地可劲儿往那悬崖峭壁上瞄。"植物大盗"威尔逊在中国西南从事盗采活动长达十二年时间，盗采植物四千多种，漂洋过海，分批运回伦敦。其中不乏铁皮石斛、珙桐、绿绒蒿等珍贵稀有植物。当然，盗采也是要付出代价的。在岷江河谷，威尔逊遭遇山体塌方，右脚被石块砸断。一个月后等他到上海医治时，伤口严重感染，右脚落下终生残疾。大自然总要给盗贼点颜色看看的。

还有头发卷曲、鼻梁挺阔的药剂师出身的福雷斯特，常年行走于怒江流域，一边假意为山里人接种天花疫苗，一边收集盗采珍稀植物。据说，光是杜鹃科植物就有上百种。自然，女王喜欢的宝贝东西——铁皮石斛是万万不会漏掉的。只不过，说出来的都是无关紧要的，要紧的，从来都是说出来的很少或者压根就不说了。

也许，与李鸿章那次带铁皮石斛出使英国不无关系，欧洲人比中国人自己似乎更能认识到铁皮石斛的价值了。据说，20世纪六七十年代，一公斤铁皮石斛可以从欧洲换回十二吨小麦。

十二吨小麦能养活多少人呢？算算就知道了。

五

为了寻访铁皮石斛，也为了探求铁皮石斛与那片山林的特殊关系。猴年六月，我走进了大山深处那个童话般的山寨。

这是一个依山傍水的布依族村寨。全寨九十三户四百一十二口人。房子是干栏式吊脚楼，稀稀落落，散布在山坡翠竹丛中。吊脚楼全系木质结构，木料多为杉木或者枫香木。底层中空，上立屋架，两头搭偏厦，顶上盖青瓦或陈年杉皮，三间五间不等。

"人须栖其上，牛羊犬畜栖其下。"也就是说，楼上住人，底层养牲畜、家禽，置农具，设舂碓、碾坊等。这种原生态的建筑，既可防蛇、防虫、防猛兽之害，又可避免潮湿，采光、通风也不错。实用淳朴的格调中，透着布依族人生存的智慧。

寨口，有几棵高大的古青冈树撑起一片天，蓊蓊郁郁气象万千。树枝上间或挂着红布条，随风摇曳。

近年，这个寨子因种植铁皮石斛而日渐闻名遐迩了。

山寨位于滇黔交界处的南盘江右岸，海拔在七百至一千米之间，森林资源丰富。独特的地理位置，使得这里每年有六个月时间大雾弥漫，空气湿漉漉的，特别适合铁皮石斛生长。

偏巧，我来的那天却是晴天。站在山顶放眼望去，大片大片的森林覆盖了山岭，起起伏伏，郁郁葱葱。到林中仔细观察发现，很多青冈树上似乎缠着一圈一圈的东西。询问之，答曰，那是种植的铁皮石斛。原来这是铁皮石斛一种仿野生的种植方式。

说话间，林中闪出一位背着背篓的布依族大眼睛女子，正往背篓里采着什么。只见她上穿着蓝色对襟长衫，下穿百褶长裙，头上包着青色头巾，银耳环叮当作响。细看看，对襟长衫的领口、盘肩、袖口、衣角皆有织锦图案。大眼睛女子叫蒙阿妹，往背篓里采的东西就是铁皮石斛。蒙阿妹原在深圳打工，两年前的春节，回家过年，就再也不去深圳了。因为一家石斛种植公司就在她的家门口，在家门口打工一个月也能赚三千多块，不比去外面打工赚得少，何必还要去深圳呢。

于是，蒙阿妹就给深圳那边的姐妹打了个电话，把深圳宿舍里自己的被褥、衣物打成一个包，快递回来了。

"还是在家门口打工好，花费少，还能照顾家里老人和孩子。"蒙阿妹一边采着石斛鲜条，一边抬头对我说。

我问："这鲜条采回去怎么处理呀？"

蒙阿妹："要先晒干，然后炮制加工成枫斗"。

"什么是枫斗啊？"

"就是螺旋形的小球球。"蒙阿妹用手指比画着，咯咯笑了。

这时，石斛专家罗晓青闻讯赶来。罗晓青从事石斛研究已有很多年的历史，发表过一些石斛生境及种植技术方面的论文。

我问罗晓青："石斛为什么要种在青冈树上呢？"

罗晓青："并不是只有青冈树上才生长石斛，杉木、枫香树、黄桷树、油桐、檞栎、樟树、乌桕上都可以长，只不过在喀斯特地貌的山区青冈树更适合罢了。"罗晓青取下挎着的相机，啪啪啪连拍了几张石斛丛生的照片，接着说，"铁皮石斛与青冈树有一种天然的依存关系。"

"何解？"

罗晓青拍了拍身边的一株老青冈树说："这种树树皮厚，营养丰富，含水多，裂纹深，透气好，无杂菌，保湿。附生的铁皮石斛种上去，发根旺。"罗晓青顺手掰下一小块儿树皮说，"更主要的是青冈树喜欢生长于微碱性或中性的石灰岩土壤上。"

"这跟铁皮石斛有什么关系？"我问。

"青冈树吸收的营养成分，正好也是铁皮石斛喜欢吸收的营养成分。不过，石斛不是从石灰岩土壤里直接吸收，而是通过自己的根系从空气、雾气和水分中吸收。"

我听得瞪大眼睛，差点忘记掏出小本子记下罗晓青说的话。罗晓青兴致颇浓。他说："青冈树还能预报天气情况呢！"

"怎么预报啊？"我很好奇地问。

"正常天气，青冈树的树叶呈绿色，但一旦突然变红，就意味着此地一两天内必要下一场大雨了。"罗晓青说。

"这是什么原理呢？"

"青冈树的树叶叶片中所含的叶绿素和花青素是有一定比值的。长期干旱，即将下大雨之前，强光闷热的天气，使得叶绿素的合成受阻。而叶绿色和花青素是一种此消彼长的关系，在叶绿素弱势的情况下，花青素就呈现出强势状态，体现在叶片上就是红色。"

"长见识，长见识。"我说，"那就可以根据青冈树的树叶变化情况，打理种在树上的铁皮石斛呀！"

"是的，既要保湿、透气、增加营养，也要防虫、防病、防止烂根。"罗晓青用盖子盖上了长焦相机镜头说。

其实,在自然界里,植物与植物之间,植物与动物之间,植物与微生物之间,甚至与细菌及其空气之间,都存在一种微妙的联系。

听了罗晓青的讲解,我隐隐约约有点明白,当地布依族人为何要给寨口的古青冈树挂上红布条,每年六月六都要祭拜敬奉了。

罗晓青还告诉我,他在一个叫冷洞的悬崖峭壁上种植铁皮石斛也取得了成功。我说,好啊,石斛石斛,石斛不能离开石呢!冷洞是黔西南一个村寨的名字,那里是罗晓青的原生态铁皮石斛回归保育基地,光是悬崖峭壁上种植的铁皮石斛就有一千多亩呢。

六

不能不提黄草坝。

因为黄草坝是地球上唯一以石斛命名的地名。此地,后来设县。提出设县建议的那个人,名气很大。纵观他的一生,他从未提出别处设县的建议。仅此一次,仅此一处。

那个人叫徐霞客。

那个地方就是现在黔西南的兴义。兴义之前叫黄草坝,其名始于明代天启年间,因此地盛产黄草而得名。黄草是什么呢?就是石斛呀!兴义出产石斛十六种以上。黄草是布依族人的叫法。

兴义是当之无愧的石斛之乡。就野生石斛的产量和品质而言,当年,全国没有哪个县能超过兴义的。早年间,兴义每年收购的黄草都在三十五担(每担五十公斤)左右。1951年二十担。1964年是最高的年份——五十担。之后,一直是每年二十担,到20世纪90年代初期,黄草越来越少,黑节草(铁皮石斛)和金钗(金钗石斛)几乎绝迹。

黄草坝的山以陡峭、高耸见奇。因之奇,徐霞客来了。

"透峡出,始见东小山南悬坞中,其上室庐累累,是为黄草坝。"显然,徐霞客是乘木船渡过滇黔襟带相接的界河——黄泥河,而来到青山环抱,碧水穿流的黄草坝的。在这里,徐霞客写下了字数不少的《黄草坝札记》。

明代,黄草坝还是土司管辖下的一个小镇。

徐霞客到此时正遇大雨,宿农家,"虽食无盐,卧无草,甚乐也。"他在札记中写道:"其地田畴中辟,道路四达,人民颇集,可建一县。"徐霞客为什么提出建县的建议?理由是什么呢?在普安十二营中"钱赋之数则推黄草坝"。那意思,黄草坝这地方很富，应该归入朝廷体制内管理。可是，此地可以建县，却没有建县，长期属于布雄土司势力所辖是何原因？徐霞客写道："土司恐夺其权，州官恐分其利，莫为举者。"老徐一语道破，两个东西在作祟，其一为权，其二为利。可惜的是，徐霞客的建议并没有引起当朝的重视，直到一百五十九年之后，也就是清代嘉庆二年，才在黄草坝设兴义县。

然而，兴义并没有取代黄草坝。布依族老辈长者还是习惯把兴义称作黄草坝。是的，记忆中扎根了的东西，是无法抹掉的。

黄草坝的地名至今还在沿用。兴义县城所在地就是黄草坝。

朋友说，赶圩的日子，黄草坝一条街上的中药材市场相当兴隆，蜿蜒数里。草药都是新鲜的草药，是采药人起早从山上采回来的，还带着露珠呢。

我问："有野生铁皮石斛吗？"

答："有还是有的，但很难遇到了，而且价格巨高。"

七

《千金要方》记述："安身之本，必资于食；救疾之速，必凭于药。"这段话的意思是告诉人怎样治病，但更重要的是它提醒人怎样不得病。现代养生理念提出，防病重于治病。提高人体免疫力，增强肌体抵御病毒侵袭的能力，从而使身体健康才是养生追求的目标。

在一定意义上，与其说铁皮石斛是治病的，倒不如说是防病的。明代《本草乘雅》载，服铁皮石斛"补虚羸，暖五脏，填精髓，强筋骨，平胃气。"

什么样的铁皮石斛才是上品呢？

看似一根草，嚼时一粒糖。古代药学家张寿颐说："石斛必以皮色深绿，质地坚实，生嚼之脂膏黏舌，味道微甘者为上品，名铁皮石斛。"

近代名医张锡纯说："铁皮石斛最耐久煎，应劈开先煎，得真味。"

但是，也有专家主张，由于铁皮石斛最主要的成分是石斛多糖和石斛碱，水煎并不能保证多糖和石斛碱全部溶于水，因此，服用时应该把石斛也嚼细吞下。真正的铁皮石斛嚼后没有粗渣，也没有杂七杂八的怪味，只有微甘的黏稠感，甚好。

当然，用鲜铁皮石斛煲汤更是鲜美无比了（史料记载，这是乾隆的最爱）。这也没什么秘密，就是将铁皮石斛切成段，放在汤里，或者与鸡，或者与鸭，或者与鹅，或者与排骨，或者与腔骨等同时炖上一两个时辰即可。吃肉喝汤，美。不过，可别忘了锅里的铁皮石斛，要把它吃了，好东西才算没有浪费。

问题来了。在我们毫无心理准备，毫无应对准备的情况下扑面而来。

就在华盛顿时间2016年6月30日，一百一十名诺贝尔奖获得者联合签名，在网上发表公开信，力挺转基因农业的时候，转基因中药已经悄悄进入了我们的肠胃。中科院某专家报告显示，枸杞、板蓝根、鱼腥草、人参、杜仲、甘草、桔梗、麻黄等几十种中药材已经实现转基因或正在进行转基因研究。

当然，那些专家是一定要在石斛身上露一手的。2005年，某课题组应用农杆菌介导法，克隆了某植物的基因，再如此这般地载入石斛兰体内，得到六十九个转基因株系，其中，有两个生根转基因苗。

这意味着什么？

意味着石斛兰已经有了另一个石斛兰——转基因石斛兰。

此乃幸耶？悲耶？好在石斛兰还仅仅是观赏花卉。

人类无时无刻不处在探索中，或许，转基因技术本身并没有错，但若把这一技术应用到中药材领域，那无疑是一场灾难。因为，它严重违背了自然法则，严重违背了生态学规律。

一些老中医开具药方时不无忧心忡忡，自己开出的药是道地的药还是转基因的药呢？

中药材的药效与其道地性有很大关系，越是原产地越是原生态的中药材效果越好。而转基因彻底颠覆了中药材的"道地"二字，改变了中药材中各种成分的平衡关系，或者将有毒有害的基因转入中药材中，或者将抗虫、抗病、抗毒的抗生素基因转入中药材中，从而，导致中药的本质已经发生了改变，已经不是原来意义上的中药了。这样的中药还能治病吗？

能。只不过是致，而不是治。

"中医将亡于药"并非危言耸听。

随着资本市场的疯狂入侵，转基因诡秘的影子正一步一步向中药材逼近，中药材所固守的道地性和传统正在面临着崩溃，"中药"正在发生着变异，其流弊和乱象令人发指。

中药的本质是治病救人，而不是逐利，因此中药材的种植和发展只能遵道而行，切不可背道而驰。可是，对于任性的资本来说，这样的话是听不进去的。

首草——铁皮石斛是不是已经有了转基因？抱歉，我回答不了这个问题。这个问题也不该由我回答。我只能说，逐利的资本不会放过任何逐利的机会。哪怕它藏匿深山，哪怕它居于悬崖峭壁，哪怕它有跌入万丈深渊的危险。

这世界变化得实在太快。古代量器中的龠、合、升、斗、斛，先是淘汰了龠和合，后又以石代替了斛。直到今天，连斛的实物也没几个人认识了。我们总是喜欢改变，而坚守的太少。这是不是一种病呢？

病，乃潜伏的问题，人的问题，社会的问题，自然的问题。这世界，人的问题比人还多，社会的问题比堵车还堵，自然的问题比雾霾还糟糕。然而，这都不是问题，问题是药本身出了问题。纲目乱了，本草难找，那药无论怎么服用都不对。

问药，问李时珍，铁皮石斛还是首草吗？

然而，无论怎样，我都固执并且坚定地认为，最伟大的药不是在医生开具的处方上，它一定是深藏在大自然中。

一味药，可以改变一个人的状态。

一味药，也可以改变一个民族的命运。

箭毒木

穿花格子衫的阿黑背着手,趿拉着人字拖,吧嗒,吧嗒,吧嗒,在那棵树下绕着圈圈。他的左手手腕上戴着黑褐色的闪着"鬼脸"的海南黄花梨手串。此时此刻,他的心情颇为复杂。阿黑是早晨开车从城里回来的,他的那辆"悍马"停在一片甘蔗地的后边,甘蔗林挡着"悍马",这边看不见。他是有意停在那里的,本来就不想让乡亲们看见。否则,乡亲们以为他是在炫耀什么呢!他可不愿意给乡亲们那样的印象。

可是,几天前,阿黑听说城里"梦巴黎"酒店的老板以不菲的价钱买下那棵树,要把它移植到"梦巴黎"的门前,弄成显赫的一景,就再也睡不着觉了。他急火火给朋友打电话,问这位谋略高手有什么办法。朋友说,什么办法?货币是干什么的?嗯?

挂断电话,阿黑用右手撸下左手手腕上的黑褐色的闪着"鬼脸"的海南黄花梨手串,在手里盘着,盘着,盘着。珠子上的

"鬼脸"翻着跟斗,很是有些诡秘。其实,他的心也在盘着,只不过,心盘的不是手串,而是那棵树。

阿黑果断出手了。他出了比"梦巴黎"老板还高的价钱,让那棵树原地不动。阿黑疯了吗?阿黑没疯。他之所以花巨资买下那棵树,如果不是与"梦巴黎"的老板斗富,那一定是另有原因了。

吧嗒,吧嗒,吧嗒……这会儿,趿拉着人字拖的阿黑,绕圈圈绕累了,就坐在树下的一块石头上歇息,手串上的"鬼脸"一闪一闪的,他并不理会,眼睛只是静静地看着那棵树。

那是一棵奇崛的树,名曰箭毒木。箭毒木的汁液呈乳白色,剧毒,误入眼中,会导致双目失明,一旦由伤口进入人体血液里呢,那就更可怕了——使心脏麻痹,血管封闭,血液凝固,不消半个时辰,便会一命呜呼了。故此,箭毒木又叫见血封喉,是世界上最毒的树。

那棵箭毒木雄踞于五指山下一个黎族村寨的寨口。一次,我到海南行走,顺便去看了那棵已经属于阿黑的箭毒木。那是一棵实实在在的树,蓊蓊郁郁,气象万千。躯干五六个人手拉手才能合抱,树皮是青灰色的,略显粗糙。树枝向南北东西四个方向延展,树势健朗旺盛。树高三十二米,树冠直径超二十四米,树龄超过五百年了。箭毒木的身上有许多泡沫状的疙瘩,树冠三百六十度球体覆盖，犹如一朵巨大的绿蘑菇云浮在半空。

黎族人把箭毒木又称为加布、剪刀树。箭毒木的树叶浓绿色，叶脉清晰，叶柄上带有细细的绒毛。春夏交替之际开花，花落之后，结出一个个小梨子一样的果实，秋季成熟时，果实变成黑色。果实味道极苦，不能食用，落到地上经雨水一淋就烂成泥了。阿黑在那棵树下长大，阿黑的阿爸是在那棵树下长大。听阿爸说，阿爸的阿爸也是在那棵树下长大的。箭毒木庇护着寨子，庇护着寨子里一代一代人的成长。大树下，是牯牛躲风避雨的去处，是村民谈天说地的地方。没有电视的年代，村里所有的新闻都来自那里。

箭毒木坚定，稳固，不可动摇。裸露于地表的板状根，如火箭尾部的翼片支撑着硕大的树干。箭毒木的地下根系更是发达。这么说吧，树有多高，地下的根就反向扎多深，并且纵横交错，相互叠加，形成巨大的网状系统。一场强台风过后，遍地哀歌，万木摧折，唯有箭毒木，昂昂然，屹立不倒。什么原因呢？这就是根系的作用了。

就像无法量化箭毒木的博大与壮美一样，也无法丈量它根系的全部。因为，它的根系之发达，超越了我们的思维和想象。

地下的根系在黑暗里四处延伸，储存阳光、寻找养料、汲取水分、呼吸空气。日里夜里，一刻也不停歇。它把地面上箭毒木所需要的一切，一波一波送上去。那些根系仿佛长着牙齿，强台风来袭，就死死地叼住，然后一口一口地吞进去，吃掉。连风的骨头也不剩，吃得干干净净。暴烈的台风就怕了、就没脾气了、就软了。

阿黑还专门雇了个阿叔看树，每月工资三千元。

看树的阿叔戴着斗笠，腰里别一把砍刀，每天巡护，尽职尽责。后来，阿黑让阿叔在箭毒木的不远处摆了个摊儿，出售椰子、槟榔、杧果和菠萝蜜。一边看树一边做生意，或者说，一边做生意一边看树。阿黑认为，这样既低调又自然，顺理成章。免得村民反感，把我们都当贼了。不过，看树的阿叔还真是有点老电影里八路军地下交通员的意思，眼神里透着警觉，总是时不时地往树这边瞄几眼。

阿黑给看树的阿叔配了一部手机，让他每天用短信把树的情况发给他。阿叔发得最多的一句话就是"今日无异常"。而阿黑呢，每天只有看到阿叔的短信，睡觉才踏实。

我来的那天，特意到阿叔的摊前买了个椰子，喝椰子水，解渴。阿叔挥起砍刀，咔咔咔，砍那么几下，就在厚厚的椰子皮上砍出了洞洞。插进一个吸管，递给我。他说，小时候的阿黑机灵得像个猴子，就是喜欢爬树。嗖嗖嗖几下，就能窜到几丈高的树上去，摘椰子、摘槟榔……他指了指高大的箭毒木，说，他常在那上面耍，掏鸟蛋、捅马蜂窝，也站在树上往下滋尿，专滋那些打树下过路的"秃头脑壳"。被滋了一头尿的"秃头脑壳"就在树下跳着高地骂："小崽子，你等着，回头就用刀把你那东西割下来！"嘻嘻嘻，我听得入迷，能感觉到，阿黑的童年，洋溢着欢乐的气息。是啊，这棵树上有阿黑的记忆。记忆是什么？记忆就是乡愁。而对阿黑来说，乡愁不是什么虚幻缥缈的东西，就是这棵具体的树呀！

我坐在小板凳上，吸着椰子水，咕噜噜，咕噜噜，一时竟忘了该问些什么了。我将椰子放在小桌上，用一片芭蕉叶擦了擦嘴巴，便也学阿叔的样子往箭毒木那边瞄一眼。

箭毒木裸露的板根上拴着一头老水牛，静静卧在树下，享受着午间慵懒的时光。它的尾巴悠闲地甩着，驱赶着蚊蝇。一下，一下，三五六七下，就那么甩着。时间仿佛不存在了，存在的只有这棵古老的箭毒木，以及箭毒木树下发生的那些故事。

阿黑原是某政府机关公务员，才华横溢，写得一手好文章。领导赏识他，女同事崇拜他。不出意外，若干年后，局长的那把椅子，就应该由他来坐了。不料，顺风顺水的阿黑因遭人嫉恨，陷入了一场莫名的圈套里。有口难辩，何况他心已冷，也懒得辩了。无奈之下，阿黑辞职下海。阿黑到底是阿黑，你把他一个人赤条条扔到沙漠里，他出来时照样腰缠万贯，而且还有可能牵回一队骆驼。

　　仅仅几年，下海后的阿黑就发达了。

　　人生就是这样，常常充满了玄妙的变数。

　　那次海南之行，我结识了阿黑。因兴趣相同，我也爱树，阿黑便把我当成了他的朋友。有人说，发达了的人都容易疯，疯了的人做事情就容易离谱。阿黑，莫非你也疯了吗？你买下那棵箭毒木，不是为了炫富？不是为了给自己做棺材？仅仅是为了让它长在那里，嗯？

　　阿黑不言语。手里盘着那副黑褐色的闪着"鬼脸"的海南黄花梨手串，眼睛直直的，看着那棵树。阿黑没疯，只是树魂儿附在他的魂儿里了。谁也别动那棵树。

　　寨口那棵树，真的有灵性吗？用右手往上撸了撸左手手腕上那副黑褐色的闪着"鬼脸"的海南黄花梨手串，阿黑说当然。而整天守护那棵树的阿叔对此更是深信不疑。因为，有三则传说至今如谜，无法解释。其一，1915年，袁世凯登基做了皇帝，刹那间，箭毒木的树叶纷纷凋落。八十三天后，袁世凯一命呜呼时，箭毒木的树叶又恢复如初。箭毒木是常绿阔叶树，叶子怎么能说落就落，说长就长呢？其二，毛主席去世那年，箭毒木突遭雷击，主干顶部起火，在雨中燃烧了三天三夜后，喇地一声响，一道彩虹横空出世，大火骤然停熄。所有人都认为，此树必死无疑了。谁知，转年春天，烧焦的枝干踪影皆无，代之的是新干新枝和满树的翠绿。树，也是深藏着情感的呀，而这种情感释放出来，就可以转化成巨大的力量吗？其三，2004年的某天，村民们发现，有无数的白蚁形成两股巨流，疯狂地往箭毒木上攀爬。次日，印度尼西亚苏门答腊岛附近发生九级大地震，接着，印度洋发生凶猛大海啸，夺走数万人生命。箭毒木能感知地震和海啸的信号吗？乌泱乌泱往树上爬的白蚁都变成树体里的毒了吗？

  无疑，这三则传说给那棵树罩上了神秘的色彩。我们对自然界的了解还仅仅是一知半解，其实，有很多现象就真实地存在于我们的感知之外。

  早年间，黎族猎手的狩猎工具是弓弩。弓弩发射时声响小，隐蔽性高，便于偷袭。阿黑听阿爸说，阿爸的阿爸是寨子里最出色的猎手。阿爸的阿爸在每次出猎前，都在那棵箭毒木下，用小刀割破树皮，将渗出的乳白汁液滴进小罐里，尔后把汁液涂在削尖的竹箭头上。狩猎时，一旦毒箭射中猎物，毒性就会迅速发作，致猎物毙命。

  黎族谚语："七上八下九不活"。什么意思呢？就是说，被毒箭射中的猎物，在逃窜时若是上坡，最多只能跑上七步；若是下坡，最多跑上八步；无论是上坡还是下坡，至第九步时一准已经没命了。即便正在空中飞翔的鸟，一旦被毒箭射中，也会立刻从空中倒栽下来。

据说，医药专家把箭毒木中的毒素提取出来，用于制作治疗高血压和心脏病的药物，药效令人惊奇。海南的黎族妇女，还用箭毒木的毒汁来治疗乳腺炎，原理还是以毒攻毒吧。

令我意外的是，箭毒木的树皮还能做衣服呢。阿黑曾收藏了一件箭毒木树皮衣，至今完好无损。是阿爸的阿爸那辈传下来的。树皮衣的本色是乳白色，内敛而节制，很轻。阿黑说，从前，阿爸的阿爸狩猎时常穿这种树皮衣，既可防潮又可防毒蛇和蚊虫的叮咬。我用手指轻轻捏了捏，柔柔的，有一种特别的感觉，上面分明散发着岁月温暖的气息。

阿黑说，粗大的箭毒木在海南已经很少见了，所以做树皮衣的手艺也几乎失传了。旧时，黎族人把箭毒木树皮从野外剥回来之后，先用木棍反复捶打树皮，使得树皮纤维和木质分开，然后将树皮纤维浸泡一个月左右，一方面去除纤维中有毒的东西，另一方面使得纤维变得柔软而富有弹性。这样处理过的树皮，做衣服、做筒裙、做毯子、做褥子，还是做别的什么，尽可由人了。

黎族妇女常把树皮衣染成各种各样的颜色，过节或赶集的日子穿出来，却也漂亮极了。

在海南期间，我还去看了另外一棵箭毒木。那棵箭毒木生长在海口云龙镇冯白驹的故居，树龄约有四百五十余年了。是阿黑陪我去看的。那棵巨大的箭毒木树势总体还算旺盛，只是朝东的一个横生的侧枝，不知什么原因，有些干枯了。但仍然扛过了强台风的袭击，风骨凌然。可忽然有一天，那根枯枝掉了下来，摔成几段，碎屑满地，很是悲凉。它一定是夜晚掉下来的，以优雅的姿势在人们的睡梦中壮烈地为自己的一生画上了句号。在最后一刻，它还保持着自己应有的尊严。冯白驹曾是琼崖纵队司令员，领导了海南红色革命。冯白驹的后人冯文动告诉我，新中国成立前，白匪探知冯白驹回乡的行踪，便秘密前来抓捕，结果扑了个空。原来，冯白驹听到屋外白匪动静后，跳后窗，钻进箭毒木的树洞中，整整在里边躲了一天一夜，才幸免被捕。

那棵箭毒木的树洞空间很大，三五个小孩子在里边玩耍都没有问题。树洞里有八哥鸟栖息，冯文动小时候常进去掏八哥蛋。

毒箭木四周已经用水泥栏杆围了起来，我向树洞中探探头，终于还是没有进去看看。洞里还有八哥吗？不得而知。不过，仰头一望，树冠里有一个硕大的马蜂巢倒是真的。冯文动说，小时候有馋嘴的小鬼爬上树去掏蜂蜜吃，被马蜂蜇得屁滚尿流的情景至今记忆犹新。说着，他开心地乐了。我拉了拉阿黑的衣角，说："那小鬼不是你吧？"阿黑不言语，往上撸撸手串，抿嘴乐了。我跟着也乐了。

不过，乐归乐，我的心里对箭毒木还是怀着恐惧。

据说，韩非子是服毒死的。服的什么毒？是箭毒木的毒吗？不是，箭毒木也不是那么好找的。北方没有，南方也不是遍地都长的。韩非子服的是钩吻，估计，当时的样子一定很安详。因为，服钩吻人中毒后意识始终是清醒的。甚至，呼吸停止后，心跳还能持续一段时间。

钩吻是一种断肠草，在江湖上很知名。金庸的武侠小说里时不时地写到这东西。当然，搞阴谋的人最常用的还是砒霜。砒霜，色白无味，价廉易得。

《水浒传》中武松的哥哥武大郎死于砒霜，心情郁闷的光绪皇帝可能也是死于砒霜。砒霜在水中的溶解度不好，容易沉积，因此在水中或者酒中投毒，易被识破。而把砒霜混在饭菜中倒是不易被人觉察。古代检测的方法，是用银针或者银筷子试毒。皇帝用膳时，旁边都搁有一双银筷子，就是干这个的。一道菜上来，用银筷子戳一下，有毒的话，筷子就会由尖部往上迅速变绿。无毒的话，就不会变化。瞧瞧，当皇帝也真不容易，吃顿饭，要谨慎小心，验完毒才能开吃。如此一番折腾，还能有胃口吗？没有胃口也得折腾，因为不折腾就有可能被毒死。

甲午战争中丁汝昌是"烧酒吞阿片"以身殉国的。阿片就是鸦片，可使人上瘾，也可使人亡命。鸦片，也是毒呀！

天津大爆炸一下让氰化物有了名气。其实，我们早就熟悉那东西——谍战电影或电视剧中,情报人员在紧急情况下往自己嘴里吞的那东西,就是氰化物。指甲盖那么一点点,就能使人几秒钟内毙命,永远封口了。氰化物是世界上毒性致死最快的物质,号称闪电毒药。纳粹党卫军和前苏联克格勃的身上都备有这东西。

箭毒木的毒,奇毒无比,唯有红背竹竿草才可以解此毒。哪里有红背竹竿草?生长箭毒木的地方多半都生长红背竹竿草。换句话说,红背竹竿草多生长于箭毒木的周围。大自然早替我们安排好了,它在创造一种毒的同时,把解此毒的东西也备在那里。不过,一般人很难识得,只有黎族"老山里通"才能辨认出来。每每见到箭毒木时,别人仰头朝上望,我则低头俯身在树下寻找。寻找什么呢?红背竹竿草。我唯恐一不留神有人中毒,先找到解毒的东西,就可以放心观赏箭毒木了。可是,寻找了无数次,至今未找到。红背竹竿草到底长得什么样呢?

自然界是一种弱肉强食,吃与被吃的关系。其实,从另一个角度看,自然界还是一种以毒攻毒,以毒克毒的关系。

哎呀,何止是自然界,当社会生态出了问题之后,毒的东西便无处不在,无时不在了。毒是腰间插着的发着冷光的利刃,时刻在威胁着我们。人,本身就是毒。对其他生物来说,人是最危险的毒。当然,人也被毒所毒。实际上,我们就生活在毒中。食物有毒,空气有毒,欲望有毒,爱情有毒……无毒的空间几乎不存在,差别不过是毒的大与小而已。所以,解毒、克毒、除毒永远是个过程。

箭毒木不是传说,如果把阿黑买下的寨口的那棵箭毒木的毒都提取出来,能放倒多少人呢?这个数字还真是不好说,应该同美国人往广岛和长崎扔下的那两颗原子弹造成的危害不相上下吧。当然,这得用一系列的数据分析论证后,才能知晓。也许,驴是驴,马是马,二者压根就是两回事,没有可比性呢。不过,箭毒木虽然有剧毒,可寨子里因箭毒木的毒而夺人性命的案例,至今没有发生一起。或许,它的毒从来就不是拿来用的,而是拿来说给人听的。

返京前的那个傍晚,阿黑驱车带我又来到寨口的那棵箭毒木下。朦胧的月光中,他照旧把"悍马"停在甘蔗地的后边,然后我们步行过去。吧嗒,吧嗒,吧嗒。阿黑还是趿拉着人字拖。他把左手手腕上那副黑褐色的闪着"鬼脸"的海黄手串摘下来,握在右手上,一边走,一边用拇指一粒一粒盘着,盘着,盘着。暗地里,一个黑影向我们这边警惕地探了探头,就隐了。估计是那个看树人阿叔吧,他真是尽责呀。我和阿黑在那棵树下绕着圈圈,说着一些不着边际的话,东一句,西一句。说着说着就没话了,就哑了。只有一些嘶嘶的虫鸣声,起起伏伏。突然,一只不知名的小动物嗖地从角落里蹿出来，又嗖嗖嗖地蹿到箭毒木上去了。

箭毒木的巨大树冠里，该藏着多少秘密啊！

不经意间，阿黑说了一句令人吃惊的话。说那句话时，他的语调很平静。他说："其实，能看见的毒都不是最毒的，看不见的毒才是最毒的。最毒的东西在灵魂里，看不见。"

第三章 风物人家

第九户人家

其实，我们每个人都渴望过一种从容不迫的生活。家安在哪里，心便安在哪里了。

——题记

屯名

早年间，因屯子南面的岭上有座石灰窑，屯名就被唤作小窑岭了。当地的话，一拽一拽的，窑与腰混淆，叫着叫着就发生了变异，腰就取代了窑。小腰给人的感觉很勾魂，带给人无限的遐想。而岭上那座破败的窑呢，早被时间和荒草吞没了。

小腰岭子屯原有十六户人家，后来就只剩下了八户。东一户，西一户，南一户，北一户，毫不规则、毫无逻辑地散落在山沟里。

　　小腰岭子的土地真是厚道。种玉米、种黄豆、种茄子、种豆角，种什么长什么，从不嫌累，也不嫌烦。可是，屯里脑子灵光的人烦了，世世代代土里刨食有什么出息？于是，就有强人把家搬到城里去了，再也不回来了。还有一些人家呢，过着过着，人就过没了，只留下破宅子，几垛残垣断壁在那儿戳着。蒿草齐人高，蛇蝎乱窜。

　　如今，小腰岭子屯里干农活儿的都是老人，都快干不动了。尽管如此，屯子里的一些习俗还在延续着，杀年猪请全屯人吃顿肉的规矩没变，谁家有红白喜事随礼随份子的礼数没变。屯子里仍然保留着祖祖辈辈传下来的生活方式。日出而作，日落而息。一日三餐铁锅木柴做饭。人睡炕不睡床，拉屎撒尿蹲茅坑。鸡鸭鹅狗散养，屋里屋外咕嘎乱叫。

　　然而，小腰岭子屯倒也并不封闭，电视和互联网把它与世界连为一体。只是每当傍晚来临，农家院子里缺少了一些欢乐的生活气息。直到有一天，随着一对夫妇在此安家，屯子里的一切悄悄发生了变化。

老邹

老邹，邹恒，现年五十余岁。面容清瘦，戴一副眼镜，说话干净利落，不拖泥带水。原来是搞实业的，顺风顺水，算是先富起来的那一部分人吧。在城里，老邹的日子过得安安稳稳，基本上没什么愁事。

可是，突然有一天，老邹对城里的一切腻歪了，厌倦了。于是，跟媳妇贺凤娟商量，咱们换一种活法，去乡下安个家吧，把心放在那里。贺凤娟的眼睛眨了眨，看看他，然后坚定地说了一个字："行。"

老邹驱车带着贺凤娟在辽东山区整整转了七天，最后选定了小腰岭子屯。他们把一所破房子拾掇出来，便把家安在这里，成了小腰岭子第九户人家。有村民哧哧笑了，说，人家有能耐的都往外搬迁，这对夫妇却相中了这破地方，生生往里搬，莫不是在城里犯了王法，逃避什么吧？老邹贺凤娟夫妇假装没听见，不言语。就这样，乡下的日子在小腰岭子人狐疑的目光中开始了，与他们相伴的除了那八户人家，还有三头牛，三十只鸡，十五只鸭，两只狗，还有整天喋喋不休的鸟语，嘶嘶煮沸的虫鸣以及满天星星。

老邹在内蒙古插过队，当过知青，知道农村是怎么回事。

插队时，老邹曾经是骟匠呢，所谓骟匠就是阉匠——农村阉割鸡鸭猪狗牛羊生殖器的匠人。朱元璋识字不多，也很少题词，但却为一个阉匠题过词："双手劈开生死路，一刀割断是非根。"这可能是这一行里获得的最高荣誉了。就拿小牤牛（公牛，南方叫牯牛）来说吧，一般性情粗暴，饲养管理比较困难，且性欲旺盛，不易上膘，因此必须把它那东西割掉。小牤牛长到一岁左右，就开始发情了。但这时还不能骟，让它由着性子长两年，一般要到三岁时再骟。骟后的牛就温顺了许多，脾气也没了，干活儿更吃苦耐劳了。

骟牛一般是在春天的早晨进行，而且骟之前，要先把牤牛饿上一天，消耗它的体力，免得骟的过程中它反抗太强烈。

老邹带媳妇来到小腰岭子村的时候正好是春天。老邹抖出多年不用的工具——骟刀，找来一块磨石，嚓嚓嚓磨了一晚上，末了，又试试骟刀的刃口，吹毛得过，锋利得很。老邹让村长老韩通知各家，想要骟牤牛的，尽可牵来。次日天刚蒙蒙亮，老邹就开始忙活了。村长和几个村民打下手，把牤牛撂倒之后，按头的按头，捆蹄子的捆蹄子。老邹的刀法就是厉害，三两分钟，一头牤牛就被他骟妥了。虽然搞得腰酸背痛，但老邹是快乐的。

贺凤娟在一旁看呆了。天哪！老邹还会这门手艺？他可从来没露过呀！

老邹可真行，他把村里适龄的牤牛统统骟了一遍。

皮卡

老邹是开着一辆高级轿车进屯的，七天后，他把那辆高级轿车换成了一辆皮卡。老邹两口子的一举一动，都被村长和村民们看在眼里，他们的脸上露出一丝不易觉察的表情——老邹两口子不是来旅游图个新鲜，他们可能要在小腰岭子扎根了。

皮卡干活可比老牛能干多了。何况，不用骟，不用喂草，不用饮水，不用挠痒痒，不用担心得口蹄疫。只要把油加满，皮卡突突干活不吝力气。

小腰岭子屯村长姓韩，老邹也不是上级派来的干部，但村长听老邹的，屯里大大小小的事情，都会找老邹，同他商量，请老邹拿主意，因为村长相信老邹总有解决的办法。而很多问题呢，老邹都是靠那辆皮卡解决的。

老邹那辆皮卡已经跑了十九万公里了，虽然车厢载物时被砸得龇牙咧嘴，后灯的外罩也被能弄得失魂落魄，但跑起路来还是那么欢实。皮卡确实皮实，抗造，天天颠簸，泥里水里地折腾，也折腾不出大毛病。

那辆皮卡几乎成了屯子里的"公车"。

盖房子拉木料、拉砖石，要用这辆皮卡；修路拉河沙、拉水泥，要用这辆皮卡；秋收时拉玉米棒子、拉黄豆、拉地瓜、拉萝卜，要用这辆皮卡；谁家摩托车、水泵、电视机出了毛病要拉到镇上去修，要用这辆皮卡；屯里突发事件，应急处置时更是离不开这辆皮卡。

忽一日，村长老韩媳妇被自家的狗咬了，伤口流血不止，由于失血过多，老韩媳妇已经处于昏迷状态。老韩急火火来找老邹；老邹当时刚从田里干活回来，正在冲澡，闻知二话没说，穿上一条短裤，就往外跑。突突突，皮卡发动了，老邹开着皮卡一路狂奔，连夜把老韩媳妇送到县城医院。止血、包扎、清理、打破伤风针、打狂犬疫苗等等。幸亏处置及时，村长媳妇才脱离危险。一块石头落地之后，老邹才对着医院走廊的镜子，看了一眼满头大汗的自己。啊呀，他尖叫一声，捂着下边羞愧不已。原来，情急之中，他把短裤穿错了，那是自己媳妇的花短裤。

当老邹开着龇牙咧嘴的皮卡，把老韩媳妇安然送回家的时候，天边已经麻麻亮了。皮卡车上血迹斑斑。

屯子里的人，人人熟悉这辆皮卡。

屯子里的人，人人对这辆皮卡充满敬意。

无人机

不知打哪天起，屯子里的人常常伸长脖子仰望天空。

小腰岭子的上空，偶尔有无人机飞来飞去，忽上忽下。左一圈、右一圈、右一圈、左一圈。干啥呢？臭显摆吗？当然不是。老邹的媳妇贺凤娟是某大学教授，人家手上正在做课题，无人机是人家做课题的探测工具，地形测绘要用无人机拍照哩！当然啦！贺凤娟开心时无人机啥也不干，就是让它在空中溜几圈的情况也是有的。反正不是送快递，不是送求婚戒指，也不是播撒云彩，更不是撒药除虫。

换个角度看世界，小腰岭子变得新奇了。无人机——这种四轴的飞行器，它可以携带摄像机或者录像机，想拍什么就拍什么。而拍到的一切还可以实时在手机上看到。贺凤娟时不时把无人机拍摄的视频给屯里人放一放，让他们知道小腰岭子究竟有多美。

然而，无人机毕竟是无人机，除了能够让屯里人看看它拍摄的视频小片外，似乎与屯里人的生活没有太大关系呢。不过，后来发生的两件事情，让屯里人改变了对无人机的看法。

有一次，屯子里吴老二家的羊丢了，四处寻找不见踪影。老邹闻讯后，跟贺凤娟说，要不让无人机升空找找？贺凤娟说，当然可以。于是，无人机升空了，一圈一圈地找，玉米地高粱地里没有，柞树林里榛柴棵子里找遍了也没有，最后无人机翻过一座山岭，终于在一条河湾里找到那只羊。原来，山岭那边的河湾里的草实在太好，那只羊贪吃，竟索性不归了。吴老二气得够呛，找到那只羊后，狠狠抽了几鞭子。那只肚子吃得溜溜圆的羊委屈地叫了几声，挤出几粒粪蛋蛋，扭头拼命往家跑。嗡嗡嗡，空中的无人机紧紧跟随着，生怕它再丢了。

还有一次，屯子里住得最偏远的一家老人病了，高烧不退。家人给贺凤娟打来电话，问有没有退烧药。贺凤娟翻箱倒柜找到了退烧药，可是怎么送去呢？步行去要走半小时路不说，而且必经的一座木桥刚刚被一场洪水冲断了。情急之下，贺凤娟又想到无人机。

她用胶带把药品绑在无人机肚子上，外层还加固了防撞泡沫。手指在遥控器上轻轻一点，无人机升空了，几分钟后，那边就收到了药品。老人吃下退烧药后，病情很快得到控制。

贺凤娟的无人机限高五百米，飞行距离可达五公里，海面上可达六公里。无人机上的电池一千元一块，一块电池每次用二十分钟的话，能用五百次，算下来一小时成本六元吧。而贺凤娟却说，为乡亲们服务打心眼里愿意，不计成本。

小小无人机发挥了大作用。一提到无人机，小腰岭子人会齐声说出一个字:"赞!"

微店

贺凤娟吃西瓜,顺手就把西瓜的照片发微信上去了。结果,马上就有人打听,问这问那,如何如何。贺凤娟就又拍了一些房前屋后瓜田菜地的照片再发上去。于是,就有人开始问价了,价刚一报出,买卖就成交了。贺凤娟喜不自禁,说话间,一百斤西瓜和一些应季瓜果就卖出了,账户里就有了五百元的进项。这倒给贺凤娟带来重要的启示,何不开个微店,把当地的土特产品往外卖呢?

说干就干。微店正式开张了。

小腰岭子屯的黑玉米、黑花生、黑稻米、黑木耳、蚕蛹、土鸡蛋、柞蚕丝被、獾油很快就通过微店销出去了。屯子里的人瞪大眼睛。啊呀,手机还有这等功用?

当然,贺凤娟的微店里最受青睐是柞蚕丝被和獾油。小腰岭子周边的山岭上到处都是柞树。其实,豫西的槲树就是东北的柞树。不过,豫西的柞树是大叶的柞树,叶子可以做槲包。20世纪30年代,翻译家曹靖华把家乡的柞叶寄给鲁迅。许广平做米饭时，就将柞叶覆盖在米饭之上，蒸之，柞叶的清香就浸入到米饭的香味之中了。味道特别，甚美。鲁迅自然是欢喜的。在写给曹靖华的信中，还多次提到柞叶，赞赏有加。

柞叶是个好东西。吃柞叶的蚕，叫柞蚕。柞蚕是野蚕，是人工放养在柞树林里的。柞蚕吐出的丝叫柞蚕丝，用柞蚕丝做的被叫作蚕丝被。柞蚕丝纤维有股蛮劲儿，回弹好，光泽深黄。而桑蚕则是家蚕，需把桑树叶采回家喂养。同柞蚕相比，桑蚕过于娇气了。

獾，也叫獾八狗子，是柞树林里的杂食性动物。夜间，常出没于小腰岭屯子里，老邹曾多次遇到，用手电筒一照，小眼珠子贼溜溜乱转。头扁、鼻尖、耳短、脖子粗。头部有白色纵毛一条，由鼻尖到头顶。两颊也各有一条。形态甚顽劣。爪有力，善掘土、打洞。性凶猛，叫声似猪。獾油治烫伤，对痔疮和胃溃疡也有一定疗效。针毛可制毛刷和笔。

屯里有养獾的人家。那些獾喜食橡子果、榛子果，个个胖墩墩、圆溜溜。好嘛，专为贺凤娟的微店提供獾油呢！

缀语

在村民眼里，劳作不止的老邹，是越来越像农民了。而在老邹的眼里，掌握了多种技能的村民则越来越像自己了。时令一到，村民会提醒老邹该种什么了，怎么种也会一板一眼地告诉他。尽管老邹心里清楚，自己该怎样做，但总是要虚心听他们把话讲完，有时还故意请教一下，满足他们小小的虚荣心。

老邹认为，村民需要尊重，他们也有自己的尊严。与村民的交往中，他把自己尽量放低，低到就是他们中的一员，蹲着说话。让村民的价值和意义，尽可能地体现出来。

老邹家的门从来不上锁，他置备了农村过日子几乎所有能用到的工具，一件一件挂在墙上。村民来他家里借工具，见他不在家，就打电话。他就告诉人家，那工具在什么地方，自己去取。

他对村民家里的事情从不指手画脚。老邹知道，在村民面前你千万不要表现出比他们高明，否则他们就有一种抵触情绪。像照明电路集成安装，冲水马桶改造，在太阳能水塔上接自来水管，暖气循环系统集中供热等，这些更能提升生活品质的事情，老邹都是先把自家的搞好了，然后，把这样弄的好处有意无意地说给村民听。于是，好奇的村民们就来老邹的家里东瞧西看，问这问那。等着吧，用不了多时，家家也就照着弄了。

不过，冲突和矛盾总是在所难免的。比如，老邹家的羊偷食了人家玉米，狗把人家鸡咬死了。人家就要找上门来，讨说法。老邹呢，从不耍赖，该赔的赔，每每还要多赔人家一些。钱上的事情，老邹从不计较。渐渐地，屯里人把老邹当成了自己人。大事小情总要请老邹到场。杀年猪，家家请老邹去吃肉喝酒，老邹也不客气，该吃吃，该喝喝。酒桌上拉拉家常，说说来年打算，倒也尽兴。然后，在似醉未醉中吐着酒气，踉踉跄跄走回家，倒头便睡。

老邹喜欢这种感觉。

在小腰岭子屯里，老邹的心不累，安宁、踏实。

老邹敬佩梭罗，他把梭罗说过的一段话，抄在自己的小本子上。那段话是这么说的："我步入丛林，是因为我想过从容不迫的生活，仅仅面对生活中最基本的事，看看我是否掌握了生命的教诲，而不是，在我临死的时候才发现自己从来没有活过。"

小腰岭子的未来会怎样？谁也无法做出判断，因为未来会充满变数。但是，有一点可以肯定，邹恒贺凤娟夫妇的思维方式和现代理念，一定会对小腰岭子的未来走向产生深刻的影响。他们的本质和情怀决定了，乡村一定会建设得更像乡村，而不是把城市搬到乡村，在乡村复制城市。

小腰岭子，承载着邹恒贺凤娟夫妇的生活理想，自然、自足、自养、自乐。或许，这就是乡村生活的最大魅力吧。

牙香街

在这个世界上,如果说谁掌握了气味,谁就掌握了人的心的话,那么,在一定意义上,谁控制了人类的嗅觉,谁就控制了世界。

——莫言

开街之日

牙香街开街啦!

这是中国最香的一条街。不不不,不,这是世界上最香的一条街。呼呼呼!啪啪啪!嗵嗵嗵!鞭炮礼花整整炸响了两个时辰。寮步镇居民和牙香街上商号及香户个个喜笑颜开,像是过节一样。

时间：2012年9月28日。

这是个好日子。用粤语说，就是：好意头啦！是日，离中国传统的节日中秋节只差两天，离国庆节只差三天。寮步人心里清楚，接下来的八天长假，该有多少五湖四海、四面八方的人来牙香街采香购物、旅游观光啊！旅游是什么？旅游就是从自己过腻了的地方到别人过腻了的地方去。但牙香街上的商号和香户的日子从来没有过腻，反倒随着香文化的复兴，愈加的光亮而生动了。

街口，一块巨石上刻着三个沉稳的大字：牙香街。字是书法家燕霜红题写的，好字，风骨嶙峋，透着古朴隽秀的风格。

其实，与其说开街，不如说这是牙香街的重现和复原更准确。因为牙香街从来就没有消失。

牙香街的历史实在久远。牙香街，因香而名，因香而盛。啧啧啧，早先的牙香街，那还了得！就圩市而言，南粤四分天下有其一，一曰花市，在广州；二曰珠市，在廉州（即合浦，之前归广东）；三曰药市，在罗浮；四曰香市，在东莞。东莞的哪里呢？寮步。寮步的哪里呢？非别处也！牙香街啊！

此香非彼香，此香乃莞香尔。东莞有三宝：莞盐、莞香、莞草。莞盐和莞草撇下不说，单说莞香，那时候的牙香街几乎是一统天下呀！

牙香街所在的寮步古镇，自古就是商贸重镇，更是久负盛名的莞香集散地。牙香街两边的商号鳞次栉比、人声鼎沸。"昌隆香行""福记""得月斋""满堂香"等上百家商号，整日香雾缭绕，生意兴隆。广州、香港和澳门的香客每天都会来牙香街采购莞香。史料记载："莞香盛时，牙香街岁售逾数万金。"想想看，那时的牙香街，空气里都是香的味道，真是要多香有多香啊！

寮步，唐代建镇，氤氲千年的莞香文化使得寮步形成浓郁的商贸氛围。这个拥有二十个村落、户籍在册人口七万人的古镇，常住人口却达到四十二万人。也就是说，外来人口远远多于本地人口。这意味着什么？这意味着社会学的一个反复被验证的定理又一次得到了验证。那就是：水往低处流，人往利处聚。近年来，中外商贾云集于此，各类企业超过四千家，光是世界五百强企业就有六家，年财政收入在二十三亿元以上。数字是枯燥的，但枯燥的数字也能说明问题啊！寮步是东莞乃至广东无可争议的强镇。

漫步牙香街，既可欣赏明清岭南风格的古建筑，探探香价，问问香情，在香坊里面，瞧瞧制香师傅现场制香，少不了呢，还可以喝一杯莞香茶，别有趣味呢。似曾相识吗？是相也是香，探香问香，闻香识香，论香品香，似曾相识，似曾香市。相约寮步古镇，香约牙香街。

香耶！香耶！古代香市，现代香都。

香说：香与香木

中国古代的"丝绸之路"是穿越旧世界最长的一条路。"丝绸之路"还有另外一个名字"香路"。丝绸、茶叶和香是"丝绸之路"上三样最著名的东西。

世上的香，有的产自动物，如麝香、乳香；有的产自花卉，如薰衣草、泽兰、白芷、香茅等都能提取出香；但更多的产自香木，如檀香、奇楠香、桂香、松香、樟香等等。小时候，我家里有一把胡琴，父亲有兴致的时候就拉上几曲，唱上几段，琴弦涩了，就拿出一块松香，在弦上搓一搓，再拉，弦就不涩了，就柔润了，琴声就亮了，就悠扬起来了。这是我对香的作用的头一次认识。人有没有香呢？当然有，美女香妃身上就有一种奇特的香，迷得乾隆神魂颠倒。据说，香妃的香，是新疆戈壁沙枣花的气味。不说这些了吧，还说香木。

南国多香木。香木以莞香树为最。

莞香树为常绿乔木，学名沉香树。又名女儿香、崖香、牙香树、蜜香树、土沉香或白木香。莞香产自莞香树，事实上莞香树并无特别之处，树皮呈暗褐色，易脱落。叶薄，光亮，卵形。开小花，芳香，黄绿色，状若茉莉。结果，成熟时黑色，似鹰嘴。在中国，莞香树属于国家二级保护植物；在国际上，被《华盛顿公约》列为"濒危野生植物"。

也就是说，在自然界，莞香树已经相当稀少了。

莞香树在唐朝时由域外传入我国东莞等地，莞人大面积种植莞香树则始于宋代。怪异的是，中原各地栽种，皆不能活。此树独对莞地情有独钟，个中谜团至今未能破解。

莞香树结香是个神奇的过程。要使莞香树结香、凝香，必先使其受伤。民谚曰："无伤不香"，说的就是这个意思。寮步香农总结出了三句话，这三句话是香农世代经验的总结。哪三句话呢？其一，有枯枝有病叶就有香；其二，有伤疤有树瘤就有香；其三，有虫蚁有洞口就有香。

莞香是以莞香树为母体，在自然环境下，分泌的油脂缓慢凝结而成。当莞香树受到动物昆虫啃咬，或者根部受阻于巨石压迫，或者细菌侵袭树体，或者雷击火烧枝干，或者人为砍伐等因素致伤时，就会被一种真菌感染。怎么办呢？树也是有生命的，树的自我保护方法就是分泌出一种具有独特香气的树脂，聚集在伤口周围，浸润沉积于木质中，同真菌进行抗争，使伤口尽快痊愈。树脂经过多年的积聚，慢慢就形成了香。香，是对人而言的，而对树来说，成香的过程则是无尽的苦难。

莞香树由树苗到香树要经过七八年的时间才能采香。头一次凿采木香，称"开门香"，每年农历十二月是凿采木香的季节，就是在活树上凿取，凿采的木香依质地分为"白木香""镰头香""沉香""女儿香"（牙香）。

初凿香门取得的香，叫"白木香"，是香中最低等的了。已凿取木香的莞香树仍继续生长，一般几年凿取一次。旧香口凿出的香块，叫"镰头香"。"沉香"就是当一棵莞香树凿采到没有香口可开的时候，就会把莞香树砍掉，但并不是连根砍掉，而是在树离地面一米左右的高度把树头砍掉，剩下的树桩就用泥土覆盖上，大概过了四年时间再挖出来，本来不香的树桩就整根充满了香气，这样的香木就是沉香木了。但沉香木还不是"沉香"。把沉香木一块一块凿下来后，再精心铲去无油脂的部分，留下有油脂的香，香的比重甚至大于水——香沉于水中——这就是"沉香"了。

美和香的东西常令人想入非非，香总是与女人联系在一起。"女儿香"，这个令人心醉的名字，让人魂牵梦绕。早先，洗晒香木块儿的活儿是由女人来干的，女人心细多情，就把最好的香块藏到怀里，再拿到外面换取胭脂。后来，人们便把香中极品称作"女儿香"。但凡"女儿香",一定为"女儿藏香"才算珍品,在上品的莞香中,若不是"女儿藏香",则不能算是"女儿香"。"女儿香"凿自多年开采的老香树,油脂比"沉香"还浓,香农精心凿成一条条马牙形,如手指大小。故"女儿香"又称"牙香"。

莞香虽然品种繁多,可无论多寡,均以"色、形、声"分门别类。如莞香中"鹧鸪斑、朱砂管、黄熟、黑格"是以莞香的颜色定名的;如"马牙、马尾渗、窃凿"是以形状定名的。如"铁格、菱角壳、香角"是以声音定名的。唯有"女儿香"不以色形声定名,而是直取其义。香块藏于女人怀中,贴于胸前,越是揉搓把玩,香块越是发亮,香气入肌入骨,一身袭香。

"女儿香一片万钱,香价与白金等"。也许,这就是"女儿香"珍贵的原因吧。

这里,不但有香的味道,还有女人的味道。

老街访香

旧时,寮步人多以香起家。

寮步因莞香贸易曾形成十三条街道,至今能叫出名字的有:

打铁街、杉木街、牙香街、咸鱼街、卖糖街、猪糠街、鸭仔街、竹篾街、元宝街、卖菜街、烧壳街等等，其中牙香街是最负盛名的。古街的青石板上泛着幽幽的光。一只只摇曳的灯笼和一座座岭南风格的旧式建筑，一个一个老号店铺就是历史的见证。寮步的圩市——牙香街是莞香的主要集散地。从前的牙香街是莞香生意巨旺的地方。

每年农历十二月，是寮步香农最忙的季节。香农把凿采下来的香块一担一担担到牙香街上，排成一列列长阵置摊出售。而来自各地的香商呢，早在几天前就住在牙香街的大小客栈里等候新香上市了。卖香人的摊位上一般备有香炉，点燃上品的好香，以示招揽。而买香人也常常试点香块，放置香炉中，香品好孬，点燃便知。香炉往往都是祖传的，年代久远。如果在这里见到元代的香炉"金善"，宋代的青铜炉"青龙戏珠"，清代的红铜炉大耳环"三足鼎"，也不必唏嘘惊叹。

牙香街上的走圩小贩，小本经营，往往贩一些"白木香"到四周的圩市买卖，利也不薄。巨贾豪商贪心更强，往往大宗交易，成趸运走，巨额获利。据记载，大买家购得大宗莞香后，在寮步码头装船，经寒溪河运往香港尖沙咀码头，再装大船出口贸易。寮步码头由花岗石铺成，坚硬的花岗石斑斑驳驳。码头从平台往下二十九级台阶，伸向水中。寮步码头是商贸货物的集散地，东莞的莞草、莞盐和莞香，三大出口货物，大部分都是通过这个码头走水路运往世界各地的。那时的码头相当喧嚣繁闹，整日里都有货船和客船来往。每当在寮步码头把莞香装妥后，开船之前，都要有个隆重的仪式。请来巫师，做法事。并鸣炮数响，同时点燃整棵香木，向南海遥祭，祈求水上平安通达。仪式过后开船启运，微风徐来，香气从码头漫向寒溪河的河面，于是一条河也就香了。

置身古街，我仿佛慢慢沉入到了历史中，沉入到时间之前的时间里了。

古街的上空萦绕着香雾，不时有一曲曲悠扬的古琴声从古街的深处缓缓飘来，有穿越了时光隧道来到明清时代的感觉。其实，牙香街是一条只容三五个人并排行走的狭窄弯曲的街道。

在屋檐下晒太阳的陈阿爹说，小的时候，牙香街的莞香很便宜，十多块钱一斤。老祖母在世时家里经常烧莞香，老祖母不在了，只有过年时烧莞香。陈阿爹是牙香街资深的老居民，今年已经七十六岁高龄。他就生在牙香街，是闻着香味长大的，他熟悉这里的一切。他的女儿说，他眼睛和皮肤有问题，她要带他去医院看医生，可怎么也不去。他固执地认为，用"沉香水"洗脸，就能消炎杀菌，根本不用看医生呢。

我在牙香街的一个小院还走访了一位近八十岁的阿婆。阿婆正在吃午饭，一块石条上摆着两菜一汤。一碟是干炸小鱼，一碟是清炒苦瓜，青花瓷碗里的汤呢是西红柿鸡蛋汤。旁边一只卷着尾巴的小花狗伸着舌头，看着阿婆吃饭。阿婆用箸夹起一个鱼头扔给小花狗，小花狗欢喜地摇摇尾巴，叼起鱼头，到墙角美餐去了。阿婆坐在小凳上，身子骨很硬朗，只是脸上布满鹧鸪斑。我和阿婆聊起了莞香。她家现在还有烧莞香的香炉，一般都是过年祭祖的时候烧，平时很少用。阿婆告诉我，早年间，牙香街真是好香，热闹得很。她家原来也是卖香的，她小时候就帮父亲卖香，识得什么样的香是好香。现在不卖香了，儿女都在东莞上班，只有她和小孙女住在这里，儿女们周末常回来看她。

起身就要告辞的时候，我发现阿婆的颈上挂着一块香木，油亮油亮，甚是特别。我问，这是什么宝贝啊？阿婆说，是"女儿香"。"我能摸摸吗？"阿婆笑了，点点头。我轻轻握了握"女儿香"，有一种温润的感觉。香气呢，并不浓烈，而是淡淡的香。"您挂多少年啦？""六十多年了，是出嫁那年挂在颈上的，从没离开过呢。"哈哈哈！阿婆开心地乐了。

往前走，就是"好香馆"了。门口台案上堆满了一捆一捆的香，角落的一个铁皮桶里装着的是灰色的似泥非泥，似水非水的东西。一把细目的筛子置在案板上，筛子的里里外外粘着香粉，弥漫着香的气味。一个脸上粘着香粉的小伙子，正在埋头制香。

制香的小伙子叫赖清华，非寮步人，而是福建厦门人，"好香馆"特意招来的制香师傅。

"辛苦啦！"

"不辛苦。"

"这就是线香吗？"

"是的，线香。"

"制香有哪些步骤啊？"

"选料、打粉、筛粉、和香、挤压、成香、晒干，应该是七个步骤吧。和香是关键程序，水分太少吧无法挤压成香；水分太多吧，香条就会发软，香条里不紧密的空隙间会进去空气，香在燃烧时就会火糙难看。"

"啊哈哈！制香有这么多的讲究哈。你忙你的，我们随便看看。听说牙香街上有个'香佬李'也会制香？"

"是的。他在牙香街的那头儿呢，还得往里走。"

"我们去看看。"

"走好哈！"

"香佬李"曾是牙香街地摊上摆卖莞香的香农，祖祖辈辈靠莞香为生。三十余年的摸爬滚打，使他熟练地掌握了采香、制香、卖香和品香等技艺，现在已成了香业公司的老板。西装革履，打着领带，分头梳得锃亮，猛一看，还真像那么回事。很多记者采访过他,他的名字多次上过报纸,可谓牙香街的名人,他叫李文浦。不过,人们都唤他"香佬李",反倒忽略了他的真名。我见到他时,他手里正在打磨香块,面前的台案上摊着他精心加工的各类莞香。他的女儿李金花大学刚刚毕业,由于迷恋莞香,干脆放弃在大城市工作的机会,回到牙香街跟父亲一起经营莞香。毕竟是大学生,她认识到了品牌的价值,就鼓动爸爸将"香佬李"注册了商标,并研发出了莞香茶、线香、手链和香粉等系列产品。每种产品上都贴着"香佬李"商标。每天,她对着这些香木及其产品都很开心。我到"香佬李"店里时,不巧,李金花出去办事了,不然我打算同她好好谈谈呢。她的弟妹汪晓燕倒是十分热情,为我们一一介绍店里的莞香产品。

如今,"香佬李"已经是莞香的一个著名品牌。借助互联网和媒体广泛宣传,"香佬李"在牙香街甚至东莞已经闻名遐迩。有人千里迢迢慕名而来,非"香佬李"的香不买。"香佬李"的香言不二价,绝对都是上品。

店门口的一个木盆里有个光着脚丫的小囡囡正在玩着香块。汪晓燕说,小囡囡满身香气,身上从来不起痱子,蚊虫也不叮咬。我弯腰抱起小囡囡,嗅了嗅,果然香味扑鼻。

脚往哪里走,人往哪里去。

出了"香佬李",我们又信步踱进"中和堂"。迎面是个大大的"福"字。"福"字左边自上而下挂着一串红灯笼,一个,两个,三个;"福"字右边自上而下挂着一串红灯笼,一个,两个,三个。老板是位文雅的女子名叫刘文优,见我们到访,笑脸相迎。"中和堂"里有许多莞香古木,又粗又大,很有沧桑感。刘文优说,这些古木都是前些年从海南等地收购来的,如今已经很难找到了。"中和堂"的天井里,有一汪水池,映着蓝天和蓝天上的云朵。水流从一个石刻的龙嘴流出来,哗哗哗!长流不断。

……

我在古街上徜徉,只见沿街店铺,香物、香品、古玩琳琅满目。大多数商铺除了经营沉香、莞香和檀香的原材料外,还经营莞香的手串、佛珠、线香、竹香、盘香等工艺品。

啊呀呀呀!同行的几位大呼小叫的,不断有惊奇地发现。而我的脚步虽然有些疲惫,但也跟在大家的后面,继续向牙香街的深处探寻。

相机咔嚓咔嚓眨着眼,照片拍了不少。

林中纪事

浮竹山佛岭。佛灵湖生态园。

莞香，莞香，莞香。岭上岭下是莞香，湖畔路旁是莞香，房前屋后是莞香。郁郁葱葱的莞香林，连绵起伏六千亩，此处可谓寮步镇最大的莞香树种植基地了。

我到这里采访那天，天气忒好啦，无雾无雨无风无云，阳光灿烂。我在寮步镇林业站何站长陪同下，在莞香林寻寻觅觅。我注意到，林中莞香树多半与荔枝混交伴生，林下还生长着一垄一垄的"鬼子姜。"何站长介绍说，这是祖祖辈辈传下来的莞香种植方法。寮步民谚："荔枝树下种莞香，莞香树下种姜。"意思是说，荔枝和姜是莞香树的伴生植物，能彼此促进生长。何站长告诉我，莞香树在生长期只需除草，无须浇水，无须施肥，无须修剪。他说，这种树相当皮实，无须太多呵护。成年莞香树，有轻微的虫害，反而有利于生成结香。他说，莞香树的木质很软，甚至很糠，不能做家具，不能做建筑材料，除了结香几乎没有太多用途。大自然真是奇妙，当某种东西一方面不行的时候，另一方面的能力一定是超乎想象的。说话间，我不经意发现，林中间或有些树呈病态，叶子枯干，且遭受了虫噬。我走近，摘下一片枯叶，问何站长。

"这是什么虫吃的？"

"黄野螟。"

"什么？黄野螟？黄色的黄，荒野的野，螟蛾的螟吗？"

"对对，对。一种鳞翅目螟蛾科的虫，专门在莞香树上为害，吃莞香树叶子。"

"影响莞香树生长吗？"

"一般情况下问题不大。"

"什么情况下问题大？"

"一株莞香树上黄野螟的头数超过一千头，问题就大了。数量一多，食物就不够了。黄野螟就不但吃叶子，连树枝和树干的皮层也会被吃掉。"

"有什么除治办法？"

"办法还是有的。冬季在树下浅翻土，暴露出的冬蛹连同清除的枯枝落叶和杂草用火烧，冬蛹就都烧死了。"

"莞香树不是有些轻微的虫害更有利于结香吗？"

"是的。虫害还不能完全除掉，完全除掉就不利于结香了。每年还是有意识地留下一些冬蛹，有虫不成灾哈。"

我和何站长正说着话，从一棵大树后面忽然闪出一女子，用异样的目光上下打量着我。那女子有一种古典与时尚兼而有之的美。丹凤眼，柳叶眉，一小片薄薄的嘴，略微翘翘的。左手手腕上戴着"女儿香"手串，黑亮黑亮。穿青花对襟白衫，荷叶裙，黑色网格长丝袜里白白的腿，隐隐约约。当她的目光从我的脸上移到何站长的脸上时，乐了。"哈哈哈！你？你？"原来她与何站长认识。

女子名叫梁育葵，是这片莞香林基地的负责人，同时也是林中"莞香缘"香店店长。刚才接到报告，有不明身份的人进入林中，便来一探究竟。她笑着说："差点把你们当成了溜进林子里的贼呢。""有偷莞香树的树贼吗？"我问。"有。"梁育葵说，"前几天就被偷走了一棵三十年生的莞香树头，九个头的呢！""怎么回事？你讲讲经过。"我说。

"我们养了三条狗，也没看住，这个贼人必是个高手。"梁育葵摇摇头，无可奈何地说，"那是个雨天，平时特别机灵的狗傍晚就开始打瞌睡，夜里狗也没有叫，清早雨停后发现，那棵莞香树头被人偷走了，狗也失踪了。三条狗，连一条都不见了。"

"报案了吗？"

"报了。不过破案的希望不大。"

我问何站长："偷盗莞香树的案件多吗？"

何站长回答："不多，极少发生。"

梁育葵引着我们来到那棵被偷走的莞香树头生长的地方。她指着那个又深又大的坑说："喏，就是这儿"。大家唏嘘不已，痛斥贼人可恨。

在林子里又看了几棵结香的树,梁育葵便请我们去她的"莞香缘"店里喝茶了。"莞香缘"掩映在莞香林深处,白墙灰瓦,庭院深深,远远就闻到了莞香令人迷醉的香气。听说,于丹、曹颖、钱文忠等名人曾光顾过"莞香缘"。不久前,在这里还拍过一个电视剧《莞香》,剧中女主角就是曹颖。我问梁育葵,你在剧里演了什么角色啊?她笑了笑说,到时候看电视就知道了。

梁育葵毕业于广州商学院,学的专业是财会,打得一手好算盘。可惜现在用不上了,算盘都成古董了。她生于大岭山的马蹄村,村子附近的山岭上生长着许多莞香树。她从小就知道,与马蹄村相邻的鸡翅岭村有个叫汤焕洪的老伯是著名的香农。汤老伯家里有一枚香胆,据说是全世界仅存的一枚,价值连城呢。那香胆是怎么来的呢?有一年雨天打雷,火球在鸡翅岭村街的上空滚来滚去,绕着一棵百年的莞香树又转了三圈,最后一声巨响,把那棵老树劈去一半,露出一个大树窟窿。后来,汤老伯就是从那个树窟窿里抠出了一个香囊,刨开香囊一看,头都炸了,里面包着的是香胆。她曾跟着爸爸专门到汤老伯家里看过那香胆,至今印象清晰。那香胆呈棕黑色,鹌鹑蛋一般大小,泛着蓝幽幽的光亮,胆中隐约可见细小云纹,凑到鼻子底下闻,一股奇香直抵心扉。那香胆嵌在一块香木中,像是香木的眼睛,还眨呀眨呀的,分明透着灵性呢。打香胆主意的商家趋之若鹜，可无论出多高的价钱，汤老伯都不为心动。一把锁头，咔嚓！把香胆锁在柜子里，干脆看也不让看了。讲什么道理？不讲道理，香胆在自己的柜子里就是道理。汤老伯很有性格呢。

我们瞪大眼睛听着她讲述香胆的故事，一时竟忘了喝茶。

"喝茶，喝茶。"梁育葵说，"这是刚刚沏好的莞香茶。"接着，她还特意表演了香道。我们一边品茶，一边欣赏。那莞香茶，汤色浓郁，清香无比。而香道通过眼观、手触、鼻嗅，让我们感悟到许多美妙的东西。那感觉真好！

我们东一句西一句地聊着天，也说到获得诺贝尔奖的莫言。我说，你读过莫言的小说吗？她说，最近才读，不读就有点"奥特"了，读的是《生死疲劳》。她凑到我的耳边说，过去真不知道莫言是谁。

品茶赏香，读书论理，安然而知足地面对生活，正是：

  兰馥易迷蝴蝶梦，
  脂浓深透鹧鸪斑。
  一炉领略绕滋味，
  几净窗明好伴闲。

有香相伴的生活是一种什么境界呢？这个，我还真是说不清楚呢。不过，有香点缀的生活，至少不虚妄、不乏味呢。

莞文化的符号

香，是一种文化。中国古典名著中，对香文化的描述比比皆是。司马迁在《史记》中就有"稻粱五味，所以养口也；椒兰芬茝，所以养鼻也"的记述。这里的椒兰芬茝，是草本植物，香气怡人。曹雪芹在《红楼梦》中写到贾妃归荣国府省亲时，送给贾母的礼物是"沉香拐拄一根，迦南念珠一串"。《西厢记》中也是有香的，张生每每见莺莺时，总是先闻其香，后见其人。"猛听得角门儿呀的一声，风过处花香细生。踮着脚尖儿仔细定睛……"如此如此，对香的描述，多有闪现。

作为香文化的重要内容，莞香文化也是源远流长的。当然，莞香文化并不仅仅属于寮步，属于牙香街。

莞香文化，似乎已经成为东莞的地域文化符号了。东莞学者刘建中对莞香的历史和文化进行了深入挖掘和长期的研究。他与莞香有着挥之不去的情缘。多年来，他寻香访香，识香闻香，结识了许多香友，写过多本有关莞香的著作。他用三个"最好的"来说明莞香在香文化中的地位和作用。哪三个"最好的"？一曰，历史上，明清年间向朝廷进贡的香中，莞香是最好的，有史册记载为证；二曰，民间使用的植物香料中，莞香是最好的，"女儿香"的由来就可证明；三曰，出国贸易的香料，莞香是最好的，有香港名字的由来和寮步牙香街的繁盛可证。刘建中认为，莞香有"五德"：仁、义、智、勇、洁。他说，莞香充满灵性，繁盛而不浮华，讲究而不雕琢，堪称香文化的代表。在一定意义上说，也是莞文化的代表。

东莞专门成立了莞香文化学会，原寮步镇副镇长刘松泰被推举为会长。在寮步时，刘松泰被称为"香镇长"。他几十年如一日热爱莞香文化，积累了大量图片资料，收集整理了许多民间记忆，在香文化研究方面有许多建树。他与文化学者王鲁湘关于莞香文化的对话，香港凤凰卫视播出后，在海内外产生广泛影响。

东莞女作家曾明了的长篇小说《百年莞香》是一本奇异的书。在曾明了的笔下，莞香不仅仅是浪漫神秘的象征，还是世代莞人安身立命，养家糊口的根本。曾明了通过借喻的手法还对人性的贪婪进行了无尽的鞭挞和追问。莞香见证家族的悲欢离合，寮步的风土人情，见证了"下南洋"的悲惨境遇，婚丧嫁娶的民俗细节，它收纳了历史，贮藏了文化。

谁说东莞是一片文化沙漠？东莞要打造自己的城市形象。经过全体莞人的网上投票，莞人选出了自己的城市标识。

　　2011年1月21日，时任东莞市委宣传部部长王道平向中外媒体宣布："东莞城市标识，是以莞香花为元素，以绿、蓝、红、橙为主色彩，以'每天绽放新精彩'为标识语设计而成，体现了一种城市的活力和精神。"穿着黑色西装、打着绛红色领带的王道平说，"莞香，是东莞沉淀的历史元素，有独特的内涵，莞香花芳香四溢，充满活力。活力，既是自然的活力，也是社会的活力，体制的活力，人的活力。活力，是东莞发展经验的概括，也是东莞未来发展动力的源泉。"

　　王道平给人的印象是沉稳、干练。

　　当时，我恰好在东莞出差，在宾馆电视上收看了当晚的东莞新闻。我注意到，王道平部长身后的新闻发布会的背景板，就是首次面世的东莞城市标识——两朵绽放的莞香花和那句"每天绽放新精彩"。

　　那是一条有气味的新闻哩！在我收看电视的房间里，仿佛也弥漫着莞香花醇厚的香气，久久不散。

牙香街的落日

古代官员"熏衣静坐"烧的香,就是莞香。

那时候,皇帝办公议事前,要求上朝官员所穿的朝服必须用莞香熏一下。这是什么意思呢?我想,这样熏一下,一来呢可以去污避秽,避免把细菌带入朝中;二来呢可以消除官员头脑中的杂念,专心议事;三来呢体现出一种威严,皇帝面前不可以随便。瞧瞧,莞香竟然是"朝香"呢,它与政治紧紧联系在一起了。

明清时代,广东每年供奉朝廷的贡品都有莞香。故宫博物院里保留的朝廷贡品的名册中,就有朝廷专门要东莞莞香多少多少盒的详细记录。这个数可不是个小数,而这个数最终都是出自牙香街的。

据香港历史学家罗香林教授考察研究,香港的得名,也与莞香有关。当时莞香不仅畅销国内,而且经加工后由港口装船,远销东南亚。郑和下西洋的时候,船上装的东西就有莞香。运送莞香的船只大多停泊在尖沙咀码头,那时的尖沙咀归东莞管辖,而堆放莞香的码头,总是香飘万里。因此,这个堆放和转运香料的港埠,就被称为香港了。

瞧瞧吧,先有莞香之香,后有香港之名呢!

我在牙香街采访时，当地朋友给我讲了一个皇帝欠寮步人莞香银的故事。明万历年间，寮步有个叫封肖瑜的人经常为皇宫采办莞香等宝物，获利无数，被称为寮步的"银王"。除了供给官员所需"朝香"之外，皇宫里的嫔妃也需要一定的数量的莞香。嫔妃特别喜欢莞香，但与封肖瑜打交道的不是嫔妃，而是太监。数年后，皇宫欠封肖瑜的香银已达十万两。皇宫还能欠账吗？封肖瑜心想，香银会不会是被太监贪了呢？于是，就找主管账房的太监讨债。太监还挺热情，说你稍坐等片刻喝口茶，就进去报告了。少顷，太监拿出一幅黄绫交给封肖瑜，上面写着"当今皇帝欠东莞封肖瑜香银十万两"，那黄绫上还清晰地盖着皇帝的玉玺。封肖瑜便不敢再问，拿着黄绫悄悄退出。心说，这算什么啊！这不是打的白条吗？可惜，那幅黄绫被封家的后人保管不慎，被一场火灾烧毁了。

好家伙，莞香在当时皇宫中是多受青睐啊！以至于皇帝连龙颜应有的体面都不顾了。

历史是一口幽暗的井。然而，幽暗的深井里我们总能打捞出一些有香味的东西。在一些模糊和闪烁其词的字面背后，可以看到当年作为贡品的莞香，是以怎样尊贵的身份出现在皇宫中啊！著名的宣德炉就是专为莞香打造的。

莞香的荣耀与辉煌，在莞人的心灵中，自然留下了永不磨灭的印痕。

到了清代，乾隆皇帝鄙视洋人而海禁迁界，莞香出口遭禁。乾隆皇帝写信给英王，说："在统治这个广阔世界时，我只考虑一个目标，即维持一个完善的皇权统治，而根本不需要贵国的产品（可能指鸦片），当然中国的产品也不必运往国外。"

乾隆皇帝很有性格，很有脾气。不过，这种性格和脾气对莞香的出口贸易来说，并不是好事。在这之前还有一件糟糕的事情。雍正年间，有承旨采办莞香的县令，采办不获（怎么会不获呢？一定去的地儿不对，去牙香街了吗？我想不明白），至杖杀里役数人，惹怒香农。愤然然，大多数香农斩去所种香木，逃亡异地。香木殆尽，香品贸易消歇，从此香业废弛。

于是，香港寂寞，寮步寂寞，牙香街寂寞。

晚霞凄凉，落叶缤纷。

弥漫牙香街上空的，是烟？是气？还是魂？

香的思考

以鼻闻香，以心领会，尺席之间，五感澄明。

拿破仑曾经说，哪怕蒙上他的眼睛，凭借着嗅觉，他也可以回到他的故乡科西嘉岛。因为那岛上有一种植物能够散发出独特的香味,他熟悉那种香味,风里有那种香味。英国著名作家吉卜林说:"人的嗅觉比视觉、听觉更能挑动人们细腻的心。"

莞香的气味是迷人的。

莞香的迷人之处就是把它加热到二百四十度至三百度时,就会散发出令人沉醉的香气。那种感受是如醉如痴、如入仙境。香,是一种嗅觉的文化,其内涵的深度和广度及美学意义超越了国界,与肤色和语言几乎没有关系。香,带给人的是心灵相通的东西。

人的各种感觉中,嗅觉是最神秘的。现代科技几乎无所不能,随着视觉图像,听觉的声音,味觉的食物,都可以进行储存,唯独嗅觉所对应的气味,只有在具体的环境中才能出现,无法存留,只能记忆。有人说,嗅觉是构成灵魂记忆的一座恢宏的宫殿。这话说得真好。

水是有源的,树是有根的。文化可以断层,但不会断根。只要嗅觉存在,就可以嗅到根脉的所在。莞香是大自然精灵。莞香的性格和气质,留给我们的是人与大地相通的气脉。回眸历史尘烟中的莞香盛市,追寻丝缕柔缈中的天地神灵,莞香带给我们许许多多的思考。

香是什么?香是中国人心中的一个情结。香,留在心中;

香,留在生命的律动里。文化学者王鲁湘说:"香文化是超越了历史、国度和宗教的文化形态,在历史上,东莞是作为中国香文化的基地而存在的。一条古街,一个码头,一条河流,一段香木,一缕神韵,以独有的沉静、深远和幽雅,让人的心灵有了归属感。"

牙香街上的那些人和事,都随着香的烟雾飘散,唯有香的馨香入魄。那香魂迂回缠绕百年,弥留人间。我们可以肯定的是,莞香禀赋中的高贵气节,至今尚存,并且注定坚韧、持久。我想,这是何绍阳等人决心打造牙香街的基础和前提吧。

北宋诗人黄庭坚在《香之十德》中说,香的好处是:"感格鬼神、清静身心、能拂去秽、能觉睡眠、静中成友、尘里偷闲、多而不厌、寡而为足、久藏不朽、常用无碍。"据说,黄庭坚写诗前,总要先点上一炷香,创造出一种氛围和意境,在袅袅香气中,才能落笔,写出好诗。

张爱玲也喜欢莞香,特别是莞香中的"沉香"。她的成名作《沉香屑,第一炉香》,让她红遍20世纪30年代的上海滩。小说开头就写道:"请您寻出家传的霉绿的斑斓的铜香炉,点上一炉沉香屑,听我说一支战前香港的故事。您这炉沉香屑点完了,我的故事也讲完了。"张爱玲就是张爱玲,讲故事的方式也跟别人不一样,"搬出铜香炉……点上沉香屑",一副煞有介事的神情。她说，她的爱很卑微，卑微到尘埃，又从尘埃里开出花来。唉，这个张爱玲，可真够折腾了。

法国有部电影叫《香水》，影片中的主人公格鲁尼是个恶魔，他专门收集少女的体香气味，来制作香水。他的香水有一种魔力，一滴香水可以让人爱得倾心，一滴香水可以让人爱得疯狂。

香与香水的本质是不同的。香水能够唤醒人的欲望和冲动，而香则能让人寡欲、安宁和节制。

香，是空灵和清寂的象征，所代表的是一门玄妙深远的学问。在有形无形的香气中，有的人嗅觉舒畅，心旷神怡；有的人尘虑尽消，浑然忘我；有的人悟到四时五行，一切皆有轮回；有的人望见"月照空山，万籁俱寂"。

比黄金还贵的香

在牙香街各家店铺里的香品，不难看到达数百年的"沉香"，而这些"沉香"价格不菲，极品"沉香"比黄金还贵呢。

也许，这样的极品"沉香"不是用来卖的，而是用来展示的，代表着牙香街的一种规格和档次。也就是说，牙香街有香品世界里最好的东西。

当年，林则徐虎门销烟后，向朝廷谏言"以香代烟"。他在为戒烟人开列的药方里，就提到要使用"沉香"两钱。这里的"沉香"，指的就是莞香中的"沉香"。

"沉香"的药用价值高，入药的历史久远。李时珍《本草纲目》曰："沉香，气味辛，微温，无毒。"主治："风水毒肿，去恶气。主心腹痛，霍乱中恶，邪鬼疰气，清人神，并宜酒煮服之。治上热下寒，气逆喘急，大肠虚闭，小便气淋，男子精冷。"现代医学研究证明，"沉香"在药理上的作用是多方面的，尤其具有强烈的抗菌作用。在降压、抗心律失常、抗心肌缺血、抗肿瘤方面也有突出的表现。

"沉香"真是个好东西啊！

非典肆虐期间，"沉香"还被一些著名的老中医推荐为有效的抗非典药物。目前，"沉香"是一百六十多种中成药的组方原料，民间应用的偏方更是多达数百种，"沉香"具有神奇的魔力呢，它更多的功效，也许我们至今尚未完全知晓。

"沉香"是人工无法合成的，当然也就不可替代、不可复制。目前，"沉香"的国内市场价格每公斤已超过一万元，特级品"沉香"每公斤在六万元以上，最高的可达十几万元。

香的精神

啧啧，有气魄。寮步镇要种植一万亩莞香树呢。

三年前，寮步镇委、镇政府确立了打造"古代香市，现代香都"的思路，重新挖掘和复原莞香文化。而这一切要从种树开始。没有莞香树哪有莞香？对于莞香文化来说，也许，恢复和重建一座座繁茂的莞香森林比什么都重要。因为伟大的莞香森林，才是莞香文化的根。

"凡是有空地的地方都要种植莞香树。"镇党委书记何绍田介绍说，"已经有商家免费赞助了三十万棵树苗，目前已经种下了七千多亩"。

"按照过去的经验，莞香树在种下七八年后才能结香，而现在通过新技术，三年就可以结香了，效益很快显现。如今，寮步传统的莞香交易市场——牙香街开街了，市场平台必定会带动种植、凿采、加工和交易等整个莞香产业链的兴盛。"

穿白衬衫、戴黑框眼镜的何绍田颇有学者的气质。他说："接下来，寮步还要引进沉香检测中心，促进牙香街香产业的发展。"何绍阳很健谈，他用简练的语言描绘着寮步的未来。他说，"寮步不仅要复原牙香街，还要建现代化的商业广场，百货大楼，还要恢复莞香木市场，把民间的莞香工艺品，老物件，香炉香具都在牙香街上呈现出来"。

如今，寮步镇政府按照明清岭南建筑风格，对牙香街进行了仿古包装，老字号"昌隆香行""福记""得月斋""满堂香"在古街重现。"香行会馆""制香工坊""台湾好香馆""富山檀香""岁月沉香""香佬李"等新号店铺，也在牙香街落户开张。

同时，还通过招商引进了台湾、广州、深圳、海南、雷州、茂名和电白等地的香户进驻售卖莞香及其制品。目前，已有四十余家商号进入营业阶段，剩余的商铺正在进行装修。

牙香街，一头连着历史，一头牵着未来。中间呢？中间是寮步人和商号及香户面对的有香相伴的殷实的日子，还有馨香、宁静、快乐、安稳、自在、满足和幸福。

发展从来不是一路坦途。2008年年底，一场不期而至的金融经济危机，冲击着整个东莞的产业。寮步也未能幸免，面对困难和挑战，寮步人从传统中寻找前行的力量。寮步人找到了吗？找到了。那东西是什么？那东西就是香。就是香的精神，莞香的精神。

前人屈大均在《广东新语》中写道："东莞香田，盖以人力为香，香生于人者，任人取之，自享其力，鬼神则不得主之也。"也就是说，人才是莞香兴旺的因素。寮步人勤奋好学、开拓进取、诚实守信、敢为天下先等特质，正是莞香精神的体现。

因此，在这个意义上说，牙香街正是用莞香的精神打造而成的。牙香街开街啦！也许，开街意味着牙香街新的一页正在掀开。太阳升起来了，干净得很，有劲儿得很。太阳，每天都是新的。牙香街的日子怎么会过腻呢？牙香街的日子鲜着呢，香着呢，乐着呢，美着呢。

然而，说到底，香是大自然的产物。香里深藏着大自然的法则。大自然的喜怒哀乐，生灭流变都凝聚在香里了。

香，之所以为香，是因为香里有阳光的味道，空气的味道，雨露的味道，风雷的味道，鸟语的味道，山川的味道，泥土的味道。香，之所以为香，是因为香里还有人的味道，汗水的味道，辛劳的味道，时间的味道，智慧的味道，感情的味道，梦想的味道。

"沉""静""定"是香的三种境界。

香，能够帮助我们去除浮躁，去除烦恼，去除忧愁，去除喧嚣，去除痛苦，去除失望。香，能够让我们漂浮游移的心得到沉静和安宁。

在此，我想到了多年前在麦积山上看到的一块匾额，匾额上写着四个字。就四个字？就四个字。也许，这四个字道出了香的精神最本质的东西。什么呢？

是无等等。

梁衡的小院

我与梁衡先生接触较多，一直关注他寻找人文古树这件事，甚至，于某时某地也参与和见证了先生寻找古树的过程。比如，我们一起去过山西碛口、内蒙古乌梁素海、四川剑阁、陕西府谷、海南呀诺达等等，应该算是为数不多的能讲出梁衡故事的人。

说说那个小院吧。某年，正是黄杏熟透的季节，"风一吹，黄杏满地滚"。屋里的梁衡正在写作，写五百字就走出屋，走到杏树下，捏下一颗黄杏，放进嘴里，满口便是美美的感觉了。用梁衡自己的话说："甜，软，绵，没有一点酸味。"吃过黄杏，回屋，再接着写，写够五百字复出，复捏下一颗黄杏，复吃，复接着写。写着写着，月亮已经悄悄爬上树梢了。

这可能是世界上最美妙的写作状态了。

那是五年前梁衡随手扔下的一枚杏核，如今已经长成一房高的树了。我有幸品尝过那棵树上的黄杏,的确好吃。梁衡说:"要吃水果,就要等它在树上熟透了,将落未落之时。急了不行,迟了也不行。"

梁衡深居燕山脚下一所小院里。

我去看过几次,那小院里除了菜蔬,就是树,粗略估计应该不下百种吧。可以透露的是,至少三棵树跟我有关呢,一棵是核桃,一棵是柿子,一棵是丝绵木。核桃和柿子疯长。我和一位叫刘宝刚的朋友去栽的时候,那苗就是多年生的大苗了。不消几年,核桃和柿子就硕果满枝了。丝绵木可是稀罕物,因为全中国也不多见。某年,梁衡先生出席我的报告文学《大兴安岭时间》研讨会(研讨会在呼和浩特召开)。早晨,我们在下榻的宾馆的院子里散步,意外发现一棵很奇特的树,枝叶秀丽,红果密集。熟透的果子散落在树下的土壤里,发芽的种子长出无数的小苗苗。我见后并未在意,可梁衡先生却动了心思。散会后,梁衡从宾馆房间拿来水果刀,经园丁同意,在树下剜了一棵小苗,连同一个拳头大的原生土球球装进了一个塑料袋里,如获至宝般带回了北京。那宝贝就叫丝绵木。

当时,所有的人都认为,它不可能活。苗还没有筷子高,长得那么弱,怎么可能活呢?梁衡有经验,他说:"从南往北移树很难活,现在是从呼和浩特移到北京,从北往南,准活。"梁衡信心满满。不过，说归说，我当时对梁衡的话心里也还是打了个问号。上飞机时，连机组人员都很为难，因为根本不知道这东西应该放在哪里合适。

可是，它居然奇迹般地活了。

现在已经长到一房半高，秋天红果悬挂枝头时间之长甚至可以等来第一场雪，甚美。据说，丝绵木对二氧化硫和氯气等有害气体，抗性较强。木材白色细致，是雕刻等细木工活的上好用材。

难怪一提起这棵树，梁衡的嘴就合不拢，快乐和幸福就在脸上荡漾开来。

梁衡是我熟悉的作家中唯一掌握苗木嫁接技术的人。他可以把一种树做砧木，把另一种树的枝条嫁接上去，创造出许多稀奇古怪的新树。那些新树叫什么名字？别问我，问我我也说不清楚。

也许是对树木学有过深入的研究吧，梁衡识别的树木种类之多也令专业人士汗颜。有一次，我带一位专家到他的小院为几棵松树防治虫害，小憩时聊起了松树的松针差别。我虽然在林业部门工作，对松树的认识，也只知道松树是针叶树，至于油松、白皮松、红松、华山松的一束松针到底有几枚针，还真是从来没有留意过。梁衡说："油松一束两针，白皮松一束三针，红松和华山松一束五针。"我们好奇地在院里采集了一些松针,一一辨识,结果,梁衡先生说得准确无误。我想,这该是他长期观察的结果吧。

也许,读懂了树,也就读懂了人。

在那个小院里,梁衡先生每天劳作不止,思考不歇,其乐陶陶。某年秋天,小院里南瓜、玉米、豆角丰收,我特意从城里赶来,参加了一次农忙活动,甚有趣。现在我家洗碗用的丝瓜瓤子还是那小院里的产物。

当然,那小院的产物不仅有瓜果、菜蔬,更有《一棵怀抱炸弹的老樟树》《带伤的重阳木》《铁锅槐》《燕山有棵沧桑树》《霸王岭上听猿啼》等关于树的名篇佳作。

去年冬天,小院里奇冷。实在难挨了,梁衡从网上购得一个明火壁炉。每天炉膛里吐着旺旺的火苗。读书写作是他的生活常态。一个思考人与自然的关系,思考国家与民族的命运的著名作家,生活却是如此简单,简单,简单,再简单。

某日,我在微信上看到了那张旺旺炉火旁的小桌上摆着的先生的晚餐照片,便写了一首小诗凑趣:

一双箸

一碗粥

一屉白馍

三两根红薯

烧豆角

咸菜条

核桃仁四五七八粒

莫道粗粮糙饭

大块文章字行间

在燕山脚下那个寻常的小院里,梁衡先生把自己压缩到最简朴的条件中,不要半点奢华,拒绝喧嚣和浮躁。可谓居于一隅,心忧天下。就是从这个小院出发,他走向大地,走向自然,走向古树,与星空、森林和河流对话。疲了,累了,就回到他的小院,只要摸摸那些他亲手栽的树,那些日日与他为伴的伙计们,他就神清气爽,眼睛发亮。

利奥波德说:"我们不断地回到原点,才能找到那永恒的价值观。"

也许,这个满目翠绿的小院就是梁衡的原点。而原点就是起点呀!

普洱茶人

他隔着麻袋一摸,就知道里边的茶叶来自哪一座茶山。

别人也许不信,但我信。这片褐色的土地,经过世代的耕耘,一定能孕育出这样的民间高手。我说的这位茶人叫岩山永,四十九岁,傣族。当地人把"岩"读作"艾",据说,傣族的姓氏中岩姓居多。

为了寻访古茶园,也为了见见真正的茶人,我们翻山越岭来到景迈村。景迈古茶园已有一千八百多年历史了,如果不进到大山里边,是根本看不到古茶园的,那些古茶树默默地在山里发芽、长叶。古茶园里,几百年的茶树与几十年树龄的高大乔木混在一起生长,茶树一般都不高,而那些比它们的年龄小得多的参天大树,却要高出前辈好几倍。古茶园里也有近一两年种下的茶树苗,比筷子高不了多少。

有人向岩山永介绍说,这几位是北京来的,对古茶树颇感兴趣,要同他聊聊。他抬头打量了我一下说:"你们北京人,这几年喝普洱茶的好像越来越多了。在北京应该知道我们景迈村吧?"我说:"看过一些资料。"懂普洱茶的人,没有不知道景迈古茶园的,正如武林中的人,没有不知道少林寺的一样。不过,我知道,在这高山深谷中,不知还隐藏着多少类似岩山永一样的高人,如果要跟他们论道,我们必须脱下知识分子的伪装,踏踏实实地跟在他们的后面,学上几年,才有资格和他们对话。每一座茶山都有自己的性格,只有整日与茶山打交道的人,才能知晓隐藏在其中的秘密。那些茶,百花的芬芳聚集在每一片叶子上,那一阵阵逼人的茶香,在笋壳里隐而不发。它们与人沟通的愿望,似乎并不那么强烈。

  景迈古茶树为单株乔木型,多数茶树上长着"螃蟹脚"和多种寄生植物。岩山永告诉我,原来这里没有茶树,是景迈的第一个首领带领部族的人在这里开辟了家园。首领临终前说:"我给你们留下牛马,怕遇到灾害死掉;留给你们金银财宝,担心你们会用完;只有给你们留下茶树,子孙后代才会取不完,用不尽。"历经千年沧桑岁月,一代又一代,景迈人辛勤劳作,使景迈大山长出了满山遍野的茶树,一山连着一山,望不到尽头……专家考证:景迈古茶园是目前全世界所发现古茶树数量最集中、面积最大、历史最长、保存完整的栽培型古茶园,是古老的普洱茶重要产地之一。明代以来，景迈生产的茶叶已是孟连土司敬献皇帝的贡品。作为普洱茶的重要产区，产品远销缅甸、泰国等东南亚国家。

  古茶树从不施肥，也不喷施农药。寄生在古茶树上的一种派生植物"螃蟹脚"，具有较高的药用价值，既能降血脂、降血压、降血糖，也可治疗内分泌紊乱、心血管疾病，同时具有清热、解毒、健胃、助消化之功效。因此，"螃蟹脚"很早便成为景迈古茶的品牌标志。

  岩山永家的白色楼房，是景迈村里最高的建筑，正面看是三层，背面看是五层，楼房依山傍谷而建。我们沿着山腰的街道走来，未进院落，我禁不住乐了。原来，岩山永家的院门是自动电控门，电子显示屏上闪动着当天的日期和问候语。即便在大城市里一些气宇轩昂的机关，也鲜有这样现代化的院门呢。楼房的一层开的是"傣家餐馆"，而顶层开的是"傣家客栈"，共有20多张床位，常有行者和外国游客在此下榻。

  在岩山永家宽敞的大厅里，四周堆放着的都是普洱茶，麻袋上面摞着麻袋，直至屋顶。有人粗粗估算了一下，这些普洱茶价值不下百万。难怪岩山永的穿着都是名牌，"老爷车"的衬衫和西裤，"七匹狼"皮带，"鳄鱼"皮鞋。只是劳作的印记还在，衬衫上浸着汗渍，皮鞋上沾满了泥点点。

"这些年,普洱茶的价格涨得太快了。"岩山永随口报出这几年的茶价:"1997年,每公斤茶是三元,1998年八元,1999年十六元,到了2000年每公斤茶是三十二元,2001年是四十五元,2002年是五十六元,2003年和2004年基本上不变,但也涨了点,每公斤八十五元,到了2005年已是一百五十元,2006年是一百八十元。2007年,最起码是三百元一公斤了。"岩山永家共有七十亩茶山,这几年的收益相当可观。

几个月前,他特意去昆明花六十余万元买回一辆"三菱"越野车,他不会开,便雇人开回景迈村。买车时,还有一段故事呢!车行老板见他是个拎着包包的农民,以为他要买农用车,便告诉他走错地方了。岩山永说,不买农用车,就买轿车。车行老板不屑地差人带他到低档车处随便看看,便想把他打发走了。哪知岩山永说:"我要看看你们这里最高档的轿车。"车行老板说:"最高档的轿车是'三菱',六十多万元呢!"岩山永说:"带我去看看。"来到豪华气派的"三菱"越野车前,岩山永的眼睛一亮:"就要它了。"当岩山永打开包包,把六十余万元成捆的现金摊在车行老板的面前时,车行老板惊得目瞪口呆。

岩山永学会了开车,偶尔开上车去城里转转,那种感觉好极了。华龙酒店是澜沧县城最高档的酒店,他进城一般都住那里,很多服务员都已经认识他了。他有三个孩子,都在城里读书,成绩不是太好，但岩山永并不在意。他认为识字多少不重要，算账算得利落就行。富起来的岩山永现在名气大了，有很多女大学生、女研究生主动跟他联系，要给他当助手当秘书，都被他拒绝了。他说，女人一找你，就要注意了。

我们在岩山永家品尝了两种茶，一种是熟茶，一种是生茶。比较而言，我更喜欢喝生茶，也就是人们平常所说的"青饼"。因为青饼是自然的，原生态的。有人比喻说，青饼就像是素面朝天的少女，清纯而动人。而熟饼，也就是人工发酵后的茶，就像是已婚的少妇，脂粉气太重，有时经过一番处心积虑的打扮后，你根本猜不出她的真实年龄。茶就是茶，但有时茶也如人呢。

品过茶后，我们站到岩山永家的楼顶平台向远处眺望。只见：茶山深处，山影与村寨、古茶与房舍、森林与人融为和谐的整体。在这里，森林与村庄没有明确的界线，人们就生活在茶林中，连空气中都飘散着茶叶的清香。

岩三永家的茶

其实，他本名岩三永，却被我生生唤作岩山永。由于他普通话说的生涩，加之"三"与"山"谐音，在《普洱茶人》小文中，我竟误写成了岩山永。可是，他并没有纠正，也没计较，多么厚道的人啊！

云南普洱的景迈大寨，是一个让人一见倾心的傣族寨子。干栏式木楼依山而建，撷云而居。东一座，西一座，南一座，北一座，看似随意的建筑，实则保持着傣族固有的传统和风格。一年四季，寨子里无处不弥漫着茶香，而茶香里弥漫着的却是慢节奏的悠闲的生活气息。

2007年6月，我在景迈山与岩三永相识，那时他四十九岁。记忆中，在他家吃茶谈茶的情景，还是那么清晰。

十一年后的一个细雨蒙蒙日子，我与岩三永又得以相见，彼此的眼神里全是惊喜。握手的那一刻，我明显感觉到他内心的激动，我们不禁感慨万端了。

岩三永的二女儿玉仙为我们泡茶。我们一边吃茶，一边听岩三永讲茶，讲景迈村点点滴滴的变化。倏忽间，我意识到，景迈大寨及其岩三永家的所有变化，都与茶相关呀。

说话间，有两只燕子在客厅里来回穿梭，是在忙着做什么事情吗？抬头一看，屋顶横梁上是一个童话般的燕子的泥巢。雏燕偶尔探出小脑袋，眼睛眨呀眨的，还张开红红的小嘴巴，叽叽叫上几声。我明白了——燕子来回穿梭，是在给雏燕取食。屋里如有蚊虫光顾，燕子就会箭一般飞出来，立擒之。有燕子筑巢的人家一定是积善的人家，有燕子穿梭的人家一定是幸福的人家。

玉仙还端来一盘土蜂蜜请我们品尝。

这是自然的馈赠。几天前，玉仙从景迈山的树洞里采回的。除了茶之外，也许，土蜂蜜是傣家最好的待客美味了。

玉仙在昆明上的大学，学的是财会专业，这不是她自己的意愿，而是阿爸的意思。毕业后，她没有选择去大城市，而是又回到景迈村，帮助阿爸打理茶事，打理账目。玉仙真是能干，不但账目做得横竖清爽，笔笔有宗，而且还会割土蜂蜜，还会酿酒。玉仙有一双巧手呀！

岩三永家有七十亩古茶园，制作出的茶都是上好的古树茶。在岩三永家吃茶，我才知晓，古树茶的极品是单株。所谓单株就是单株采,单株制,单株卖。讲究的是至纯至净至润至美的境界,拒绝杂乱的气息。

或许,岩三永的人生追求也是如此吧。

茶里有生活趣味,也有人生况味。

岩三永,今年已经六十岁,古铜色的肤色闪着亮光。他说,他把制茶的手艺都传给女儿了。而他要做的就是保护好景迈茶山,保护好那些古茶树。

因为,茶是茶人的一切。

睢水留白

在睢地，问睢人何谓睢？答曰："仰目也。"这就有意思了。难道说睢人都是矮个子吗？我仔细观察，非也。原来，睢地因睢水而得名，地势低洼倒也是事实。遗憾的是，睢水除了留下一个名字，自身已经消失得无影无踪。先前，睢水乃自黄河引出的一脉支流，水头在河南开封，至此始大。出睢地，睢水蜿蜒流经宁陵、商丘、夏邑、永城，向东汤汤转入安徽，再转江苏注入泗水，最后静悄悄汇入淮河了。

然而，睢水怎么竟谜一样没有了呢？本来是留白，结果白覆盖了全部。满眼空空，成了全部的白。一条没有选择的水脉，突然间就拥有了全部选择。在这个意义上看，无也便成了有了。

可以说，睢水造就了睢地。睢水，从来处来，到去处去了。它呈现出诗意、谦卑、温柔、优雅的气质。不炫耀，不蛮横，不索取，不贪婪。它灌溉了万顷良田，哺育了万物生长，也带来了睢地漕运的兴盛。

　　历史有所记载，但更多的是疏漏。碎片，需要细心的拼接，却已经无法复原了。

　　睢地秦时置县。春秋时期的宋襄公望母台，唐代的无忧塔至今保存完好。睢地距京一千八百里，广六十里，袤一百里。两岸宽阔，沃野数百里。睢人贵五谷而重桑麻，百物茂昌。睢地马泗河，西瓜栽培历史悠久，瓜田两万亩，数千年来品质不衰。瓜有核桃皮和花狸虎两个品种，单个瓜重一般十五斤上下，大个的有超过三十斤的。瓜纹明朗，疏密有致。此瓜不嘎、不柴、不面。瓜熟即醒，触刀即开。瓜瓣翘角分明，切面完整。口渴时，我得以在睢地品尝，此瓜的确甚好。皮薄、瓤鲜、肉细、沙脆、汁多、甘甜。解渴。吃过好瓜，没有吃过这么好的瓜。

　　我问："价钱几多？"

　　答："……"

　　问："一个？"

　　答："一斤。"

　　好家伙，够贵的。我吐吐舌头。忽然想起睢地诗人苏金伞的两句诗："在太阳的记忆中，这里有最好的早晨。"是的，晨曦下的瓜田里，瓜蔓上分明有眨着眼的露珠，有嘶嘶的虫鸣，有甜丝丝的空气，有后生村姑甜美的悄悄话儿。嗯哪，按照自然的逻辑，最好的早晨才能长出最好的瓜呀！马泗河西瓜，是地球上最好的西瓜吗？睢人不语，只是笑。

睢水虽然没了，丢下的湖泊和沟渠却无计其数。睢地水面阔达一万亩。湿地滩涂菖蒲、芦苇疯长，水里鲤鱼、鲫鱼、鲢鱼、鳝鱼居多，也有鳖、泥鳅在淤泥里欢乐。最大的湖叫北湖。除此，还有苏子湖、濯锦湖、恒山湖、甘菊湖、凤凰湖等等。沟渠多无名，纵横有序，水道萦绕，水水相接。

睢地水域有一物，堪称一奇，曰苴草豆。苴草是一种水藻，水中常见。然而，生豆的苴草唯睢水的濯锦池及驼岗前水中才有之。别处虽也有苴草，可偏偏不结豆，怪哉。苴草豆生于淤泥中，色白，大如花生豆，形扁而略呈椭圆，味如荸荠。鲜灵灵，脆生生。嚼之，咯吱咯吱咯吱。爽，甚有趣。苴草，睢人也称嘉草，为一味草药，主治喉舌疮烂等病症。叶苦，无毒。苴草豆怎么取之？答曰，以取藕之法取之。我不解，瞪大眼睛。在淤泥里只取过泥鳅，没取过藕呀。耸耸肩，摊摊手。

据说，苴草豆产量甚少，当属稀罕之物了。

睢地民谚曰："懒纺棉，勤养蚕，四十五天得茧钱。"睢地土壤、气候适合种植桑树。桑葚可食，桑皮、根、叶皆可入药。桑叶养蚕，蚕丝织锦。匹匹锦缎，薄如蝉翼，轻似云霓。

先秦至宋，睢地桑蚕业最盛，睢人广植桑树，大兴织锦。距县城西二十五里,即承匡地,有古桑树,曰匡桑,蓊蓊郁郁。我来看时,微风拂动,桑葚遍地。好一幅采桑图景呀!大人挑着筐去采桑,孩子自告奋勇去爬树。桑树不高,节多,枝杈多,手攀脚踩,很容易就上去了。黄鹂鸟,在桑枝上跳跃着,啄食桑果。不时,还翘起尾巴,鸣叫几声。孩子顺手摘几粒桑果放进嘴里,紫的是甜,青的是酸。一筐一筐的桑叶采回家,那是蚕宝宝的美食啊。蚕啃桑叶,沙沙沙,像是春天的雨声。

襄邑(睢地,古代又称襄邑。因宋襄公而得名)织锦闻名遐迩,当然是有原因的。匡桑蚕丝,色泽光润鲜艳,细长均匀,有韧性,拉力强大。秦汉年间,匡桑蚕丝就随襄邑织锦经丝绸之路,运往中亚、中东,最后到达欧洲。襄邑织锦一度影响着世界的丝绸贸易,也一度引领了世界的服装潮流。

"罗绮朝歌,锦绣襄邑。"锦绣一词就出自这里,当时朝中官服均由睢地锦绣制作。睢地至今尚有锦绣、锦襄、锦翠、锦衣等地名。濯锦池,今天虽无锦可濯,可从斑驳的石板上泛着的幽光,依稀能辨识出睢人之善织锦者,环池而濯的场景和盛况。

北宋时期,睢人创造了一个繁盛的锦绣时代。锦为丝绸,绣为丝绸上的图案饰品。二者合一,锦绣便把丝绸提升到了"美物之首"的至尊地位。从此,世界上形成了北宋以来的一种审美范式,就是以锦绣为审美标尺,来观照、衡量、命名和评价其他事物的美。于是，就有了基于"锦绣"而产生的成语："衣锦还乡""锦上添花""锦绣年华""锦绣前程"。

唉！襄邑锦绣的光荣与梦想一去不复返了。

去的去，是因为来的来了。上善若水。睢水曾经是睢地的根本。睢水润万物而不争。然而，睢水虽然好性子，但黄河的脾气却是暴躁的，数次洪灾水患，沙喷淤涨，吞噬了睢水不说，睢地州府城池连同那个时代也葬身淤泥之下了。

淤泥之下还有什么？忽然想到人生。日子过着过着轰隆一下，就断了，就没有日子可过了。人生多少喧嚣和热闹，都在某一天，成了一缕烟云。生存与毁灭之间，似乎只隔着一片震颤的叶子。

尽管如此，我还是要问一句："睢地因睢水得名，那么睢水因何而得名呢？"睢人终未详其焉。

恰巧，我在睢地时，贵州水族一行三人来睢认祖。其中一老者告诉我，水族，即睢族是也。水，同睢谐音。那老者是专门研究水族的民族学专家。他说，贵州水族至今还流传着"饮睢水，成睢人"的歌谣。水族其祖为女娲，女娲补天用的是五彩（赤、白、黑、黄、青）石头，而睢地锦绣恰好也是赤白黑黄青五彩之色。女娲出生地为睢地承匡，就是那个生长古桑树的地方。据说，女娲姓睢。睢与睢，就像双胞胎，面相几乎一样。可仔细看看，还是有区别的：雎为"且"字旁，睢为"目"字旁。雎是一种很厉害的鸟。女娲补天，首先得变成一只鸟飞上天。当然，这只鸟也能入水抓鱼。雎与睢，是多么容易混淆呀。事物的真相就是看起来如此，其实并非如此。啊呀！我蓦然大吃一惊，是不是搞错了，女娲应该姓雎吧？

如此，睢之源头及其根脉也就找到了。

不过，隐隐的，我有一种感觉，或许，睢水仍然活着。只是我们看不见。它是以另一种方式活着——活在睢人的血脉里，活在睢人的灵魂和精神中。

睢水留白，这白上却是锦绣图景，气象万千。

第四章　果香四溢

塘源口猕猴桃

浙西塘源口，有一样东西在有二十个国家首脑出席的某某峰会上获得美誉。那样东西猕猴爱吃，人见了猕猴爱吃便比猕猴更爱吃了。据说，出席峰会的人场面上斯文得体，背地里吃起猕猴爱吃的东西，却个个可爱无比。闻知，虽然有些意外和惊喜，但塘源口人很淡定，就像树下的土蜂桶，沉静稳健，从容不迫。

那样东西不用我说，人人都知道了——猕猴桃。

头一回吃塘源口猕猴桃，有一种初恋的感觉。初恋的感觉是什么感觉？别问我，问我我也不会说。你初恋时是什么感觉，就是什么感觉。剥开那层薄薄的皮即露出了翡翠色的肉，黑黑的籽儿，向内聚集，密密实实，纹路清晰地紧紧地抱成一团，那团里是黄色的心。或许，猕猴桃的一切秘密都藏在那黄色的心里了。轻轻咬一口，微酸甜润的味道，沁入心脾，继而通体清爽了。

我在猕猴桃藤架下直起身来，禁不住叫了一声："此地猕猴桃甚好耶！"

塘源口，浙西江山市一个偏远的乡，人口不多，才一万多人，没有什么工厂企业，有的只是绿水青山。然而，绿水青山也是金山银山哪！近年，塘源口因盛产猕猴桃而闻名遐迩了。

早年间，塘源口满山满岭都是野生猕猴桃。浙西闹红时，粟裕将军带领红军队伍打塘源口洪福村经过，村民就把家里屋檐下挂着的腊肉和采来的野生猕猴桃，装在竹篮里送给红军，犒劳这些帽子上戴着闪闪红星闹革命的人。

塘源口的山水实在美极了。徐霞客形容此地："怪石拿云，飞霞削翠。"深山里，常见猕猴攀岩，黑麂越涧，野猪蹭树，白鹭翻飞。据当地朋友祝君介绍，20世纪60年代，塘源口山林中还曾有老虎出没。老虎咬牲畜伤人事件时有发生。有村民曾捕获过小老虎，重达六十斤。看来，塘源口历史上有虎是证据确凿了。因为，我在祝君提供的一本旧县志中，也惊奇地发现此地有虎的记载。县志云："明万历九年，虎乱。东近括昌界多虎，内一虎有鬣，状如马，啮人甚众。知县易仿之募人捕获，剖腹，有指甲盈升。"好家伙，腹中剖出的人指甲，装了满满一升。升是旧时一种量器。真够吓人的。是不是扯远了？老虎跟猕猴桃有什么关系呢？这个，我还真说不清楚。不过，老虎是生态链的顶级动物。一般来说，在浙西山区有老虎出没的山林，就会有野猪、黑麂、水鹿、猕猴等食草食野果的野生动物栖息活动。不然，老虎怎么存活呢？

老虎是猕猴的天敌，猕猴要想生存，必须能够获取足够的食物，并且有足够的智慧和本领逃生，才会免入虎口。而猕猴桃，是猕猴的桃，是猕猴最爱的食物。从生态学角度来说，遍布猕猴桃的山林里，猕猴种群一定兴旺呢。想想看，猕猴在啃食猕猴桃的过程中，在搬运猕猴桃给小猴吃的过程中，在怀抱猕猴桃逃避老虎追猎的过程中，或许，无意间也播撒了猕猴桃的种子呢。这也是说不准的事情。

塘源口民间，也把猕猴桃叫作"羊桃""藤梨"。其实，早在唐朝之前，古人对猕猴桃就有所认识。明朝李时珍在《本草纲目》中对猕猴桃的描绘也很具体，他写道："其形如梨，其色如桃，而猕猴喜食，故有诸名。"是的，野生猕猴桃相貌的确有些粗鄙，丑陋，毛茸茸，样子怪怪，像是顽劣的猕猴的脑袋。

我在塘源口的乡间走动时，在村头在溪口在田边，常常看到有野生猕猴桃不受约束地生长，藤蔓肆意蔓延，野性十足呢！我好奇地躬身翻动藤蔓，未见果子，怎么光长藤蔓呀？当地朋友祝君笑着说，也许是让下山的猕猴偷吃了。他说，这几年，常有村民发现猕猴出没的踪影，猕猴下山偷食猕猴桃已经不是什么新闻了。本来嘛！野生猕猴桃就是属于猕猴的嘛！也算不得偷食呢！

祝君说，小时候野生猕猴桃到处都是，采下来就啃，不过，又硬又酸，实在不好吃。后来，妈妈就把刚刚采回来的猕猴桃埋在稻谷里，捂上四五天之后，就软了，就开始弥漫着一股芳香气，剥皮之后，咬一口，酸甜可口，味道奇绝呀！祝君吧唧吧唧嘴巴，仿佛穿越时空又回到童年时代。

当然，今天塘源口的猕猴桃都是人工种植的猕猴桃了。若干年来，专家们已经培育出品质独特、口感甚好的品种，红心的有"红阳"，黄心的有"金艳""金桃"，绿心的有"徐香""翠香"等品种。

塘源口人遵循"生态农作法"，不上化肥，不用农药，不用膨大剂。猕猴桃园里养柴鸡，间种山稻。鸡吃虫，山稻保湿保墒，防止水土流失。鸡粪和山稻稻草沤成肥后还田，增加了土壤肥力，猕猴桃就像吃了阳药一样疯长。猕猴桃藤下的草呢，该长也让它长。时间会改变很多事情，树、藤、草、虫，自然就建立起一种稳定的生态关系。

1904年，新西兰人从中国引进了猕猴桃，改了个名字叫奇异果。新西兰人喜欢这种有趣的水果，在适宜的土地上大量种植，精耕细作，产出的果子也确实好，除了自己吃以外，还大量出口，当然也出口到中国，赚了不少中国人的钱。于是，渐渐地，给人们造成一种错觉，似乎猕猴桃原产地在新西兰了。错了，错了！猕猴桃的原产地在中国呀！在中国的哪里呢？当然，我不能一一列举出来，但是，有一个地方是可以肯定的，那就是浙西江山，江山的塘源口是真正的原产地之一呢！

20世纪70年代，塘源口乡洪福村一个村民在山上放牛时，用柴刀砍柴，不经意地也砍了几根猕猴桃藤条背回家，扔到后院便没再理会。哪知转年春天，那几株猕猴桃藤条竟然生根发芽，全部活了，一片生机。随它们长吧，那位村民也没有特别在意。三五年之后，那几株猕猴桃的藤蔓覆盖了整个后园，还生生结下了一嘟噜一嘟噜的果子。成熟之后，村民一吃，呀呵，味道不错嘛！于是，上山又砍回一些猕猴桃藤条，扦插到地里。或许，那位村民自己也没有意识到，他不经意的举动竟掀开了新的一页——塘源口人工扦插种植猕猴桃的历史开始了。至20世纪80年代，塘源口人又分别从江西奉新、江苏徐州引种，选育良种壮苗取得成功。从此，塘源口人生活中，猕猴桃占据了重要的位置。全乡有一千三百五十户，近四成人口种植猕猴桃，而经销几乎是全民性的了。猕猴桃成熟的季节一到，塘源口人每天微信上刷屏的就是猕猴桃了，微商已经把生意做到园里地头，甚至做到每棵树上每枚果子上了。

重庆有个大眼睛女孩子特别喜欢吃猕猴桃，她隔三岔五从全国各地网购，吃来吃去，就有了比较，她执意认为，浙西塘源口的猕猴桃最好吃。这是一个凡事要搞清楚为什么的女孩子，她要用自己的眼睛看看那些猕猴桃到底生长在什么样的地方。于是，"大眼睛"从重庆坐火车到衢州，从衢州再坐汽车到江山，从江山又坐汽车到塘源口，从塘源口又坐农用车到洪福村猕猴桃种植基地，终于看到美地峻岭和青山绿水间那些静静生长的奇异果子——猕猴桃。"大眼睛"兴奋无比，似乎每个猕猴桃都在朝她笑呢，问她好呢！

据说，"大眼睛"重庆女孩，就是在那次塘源口猕猴桃产地探源之旅中，与塘源口的一位小伙子一见钟情，演绎出一段浪漫的故事。她戏称他"猕猴"，他把她唤作"猕猴桃"。他们每次约会的时候，小伙子都要给"大眼睛"带上几枚猕猴桃。甜蜜和幸福全在那猕猴桃里了。悄悄的话儿，说不完。悄悄的话儿，除了猕猴桃，无人知。

塘源口有自己的秩序和逻辑。塘源口人很节制，对经济发展有自己的看法，节奏稳健，脚步坚实。品质至上，诚信至上。不贪、不妄、不虚、不欺。拒绝一切急功近利的事物，对有损猕猴桃品质的行为说不。猕猴桃似乎内化成塘源口的标志性符号了。朋友祝君指了指自己的脑壳，笑着说："连这个，都越来越像猕猴桃了。"我定睛打量一番，嗯，还真有那个意思。是的，猕猴桃不正代表着这片土地上的一种品格和一种精神吗？

你可以不吃猕猴桃，没有人说你人生或有遗憾。但是，我可以断定，你只要吃了塘源口的猕猴桃，你一准会爱上这种奇异的果子。咬一口，再咬一口，是微酸？是微甜？还是什么？久久回味，心醉体酥。那种久违了的初恋的感觉吗？说不清呢！

碛口枣事

柳条簸箕里晒的是红枣。

柳条笸箩里晒的是红枣。

红枣,红枣,红枣。阳光下的红枣,弥漫着淳朴、绵润、甘醇和黄河岸边特有的气息——这是碛口家家户户窑洞门口的一景。碛口的农家一年四季日日晒枣哩!某日,我蹲在窑洞门口,双手从笸箩里捧起一把红枣,然后慢慢丢下去,三个枣、五个枣、两个枣、一个枣。复捧起,复丢下去,四个枣、两个枣、三个枣、一个枣。反复几次,每次都不一样,我禁不住笑了。红枣,已经晒得红红,但是碛口人,还是每天要晒枣,就像饱满而幸福的日子越晒越红呢。

一个面如干枣的人来到碛口,瞪大惊诧的眼睛。这个面如干枣的人叫吴冠中。吴冠中说,他一生有三大发现。其一先生没说;其二是,先生摆摆手,话到嘴边了却还是没有说出口;其三呢？先生说在山西发现了碛口。他说："这样的村庄，这样的房子，就是走遍世界都难找到了。"瞧瞧，碛口，对于这位享誉世界的画家来说，是多么的重要。也许，正是碛口的窑洞和红枣使先生获得了某种重要的灵感和启示，悟出了生命的另一种意义。

吴冠中来碛口的时间是1989年10月。这个季节，该收获的都收获了，树叶也都落尽了，只是枣树上还有零星打剩下的枣子。多年后，吴冠中创作了一幅国画《枣树》。先生画的不是那种枣子挂满枝头，农人喜气洋洋收获的情景，而是两棵虬枝横生的枣树，并排站立在苍茫的穹宇之下，风骨凛然。这幅画显然具有特别的意味哩！

他在那幅画的空白处还写了一行小字：故人风格老枣树。

吴冠中先生画的枣树是不是碛口的枣树呢？我不得而知。不过，我在碛口倒是见过一张吴冠中在枣树下画写生画的照片。照片中那位瘦削的面如干枣的老头儿就是吴冠中。他穿着米黄色的风衣，背靠麻石垒起的矮墙，不远处是两棵落尽叶子的枣树，矮墙那边是沟壑纵横的黄土高原。先生的神情相当专注，他看着远方的枣树，还有枣树衬托着的窑洞，画笔在写生板上一下一下地勾勒着，起起落落，时跳时跃，或轻或重，或粗或细。

据说，吴冠中特别喜欢吃枣，也喜欢画枣树。为了画千姿百态的枣树，他曾在一个农户家里住了三个月，天天写生，天天画枣。

碛口,因之吴冠中的"发现"而闻名遐迩了。

随后,来碛口写生和创作的画家、摄影家趋之若鹜。碛口,有与城市里不一样的东西。在这个浮躁而喧嚣的时代,似乎什么东西都可以速成或者速配了。而碛口却是不可复制的,一切都是那么安宁而闲适。难怪棕皮肤黑皮肤白皮肤和蓝眼睛黄眼睛黑眼睛的游客来到这里大呼小叫呢。

不过,头一次来碛口的人十之有九,不知"碛"字何意。碛,乃水中乱石积成的险滩。碛的特点就是弯急,浪大,石多,水浅。虽然碛字与红枣没有任何联系,但碛口的红枣确实个顶个地好。

碛口位于晋陕大峡谷中段,吕梁山西麓,黄河与湫水交汇处,因湫水河每年夏季暴雨带来的砂石,冲积形成一段布满暗礁的河滩,那些暗礁挡住了浩浩的黄河之水,河面也由四百多米阔急剧收窄为八十多米宽,平静的河水顿时变成滔滔巨浪,谓之碛口也。所以,碛口不是黄河自己造就的,而是湫水在黄河上造就的。

早年间,碛口渡口相当喧嚣繁盛,每天有三五百艘船只靠岸,并行排列延绵数里,卸运货物的场面蔚为壮观。

去西柏坡的路上,毛主席东渡黄河后经过这里,看到那繁华的景象，骑在马上禁不住连连称道："这是个好地方，这是个好地方。"

碛口的民居多建于明清两代，依山就势而建，高下叠置，从沟底到塬顶，层层叠叠。建筑形式多以砖拱顶明柱厦檐四合院为主，窑洞连着窑洞，砖、木、石雕及精美匾额比比皆是。街道高高低低，用条石砌棱，用块石铺面。不经意间，就会看到片麻石垒起的墙上用白灰浆刷的四个大字：出售红枣。字迹拙朴，透着幽默和机智。

我在碛口古镇的巷子里寻寻觅觅，为了探寻红枣文化，也为了探寻红枣与这片土地的特殊关系。遇到院子里的人，常常会被问："作甚呢？"我说："没事，看看。"问得简单，答得也简单。甚至，问话的人动也不动，一只手撑着头，一只手捏着红枣，照旧躺在青石板上安安静静地晒着太阳。旁边的簸箕里、笸箩里是红红的枣子，也安安静静地晒着太阳。

黑龙庙算是碛口古镇的高处了。

黑龙庙在卧虎山的山腰，正对着湫水河。山门由三道石拱门洞组成（这与碛口其他建筑气息相同），门上镶嵌着石刻对联："物阜民熙小都会，河声岳色大文章。"靠水生活的古镇，必然要祈求管理水的神，没有这样一座庙，碛口人会魂不守舍的，就像枣树没了根一样。

站在黑龙庙的高处,千沟万壑的黄土高原尽收眼底,一处处沟沟峁峁,一道道山山梁梁上尽是稀稀疏疏的红枣林。粗壮的枣树苍劲雄浑,新栽培的小树,枝繁叶茂。不时,庙门口有枣贩推销红枣,一元钱一小袋,看得眼花,吃得嘴馋。

那日中午,我和梁衡、周明、王宗仁等作家在碛口客栈吃了一餐饭,是那种很可口的农家饭。主食是:蒸枣糕,焖小米饭,煮红薯和烀玉米。菜呢?头一道是荞面碗拖,其实,这算不得菜,应该算是小吃吧。第二道是大烩菜(五花猪肉、豆腐、茄子、粉条放在一起乱炖)。第三道炖黄河鲤鱼。没了,就这些,吃得挺饱,没喝酒。

饭后,我在碛口客栈的墙上无意间发现了一张老照片——一个个子矮小,头戴软塌塌帽子的干瘦干瘦的老头儿正在讲话。一看文字说明才知晓,原来这是民主人士李鼎铭先生在边区政府做报告呢。说的是"精兵简政"和"三三制"吧。窑洞门口一个破旧的枣木桌上摆着一个破旧的搪瓷缸子。里面有水没水,不得而知。我所知道的是,那时的毛主席把他的话很当回事,虚心听取意见,采纳他的提案建议。并充分肯定说:"李鼎铭先生的提案,一是切中时弊,指出了我们的毛病;二是找到了对症药,也就是找到了解决问题的方法。"当时我们的问题和毛病是什么呢?"鱼大水小",毛主席说的。

今天，"鱼大水小"的问题解决了吗？还是问问水吧。因为对于这个问题，水比鱼更清楚。

依山面水的碛口客栈，是那种窑洞式建筑，虽然房屋大多斑驳失修，有些残破，却风骨奇峻，幽静且舒适。碛口客栈原名"天聚隆"商号，是当时碛口最大的油行。一条条青石，一排排粗壮的大瓮，一个个大肚子的油篓子，一座座积着厚厚尘土的饮马槽，烙印着昔日商埠兴盛的痕迹。抗战时期，八路军一二〇师在这里开办了"新华商行"，经营来往货物的转运，生意红红火火。他们也囤积了大量的红枣和粮食，用骆驼和马匹一批一批运往解放区。据说，当时的师长贺龙经常光顾这里，每次来都吃上两个枣子，然后坐在枣木墩子上，手握烟斗，吧唧吧唧吸上几口，静静望着黄河对岸，吧唧吧唧再吸上几口，眼睛就眯成一条线了。据说，斯大林的烟斗是枣木做的，贺龙的烟斗是不是枣木做的呢？我没有考证过。

历史的根，还活着。如果说枪杆子里面出政权的话，那么养育一个政权到底靠什么呢？在长满枣树的黄河滩边，我陷入久久的沉思。

黄河两岸是贫瘠的，视野之内除了红枣，还是红枣。

红枣是碛口的乡土树种，有两千多年的栽培历史。这里是全国最大的集中连片枣树栽培区，八成以上农村人口的经济收入依靠红枣生产。这在全国也是绝无仅有的。可以说，枣树是碛口和碛口人的财富。

碛口人心里清楚，碛口红枣是随着碛口古镇的闻名而闻名的。碛口人说，碛口能有今天，应该感谢吴冠中。当然，喜欢枣树的不仅仅是画家吴冠中，作家喜欢枣树的更是不乏其人。

"面如重枣"是罗贯中好用的词。关羽一出场，罗贯中就这样写道："丹凤眼，卧蚕眉，面如重枣，手提青龙偃月刀。相貌堂堂，威风凛凛。"不单是关羽，《三国演义》里描写人物面部形象时，"面如重枣"频繁闪现。鲁迅喜欢枣树自然是不用怀疑了。他写道："在我的后园，可以看见墙外有两株树，一株是枣树，还有一株也是枣树。""枣树，它们简直落尽了叶子。先前，还有一两个孩子来打别人打剩下的枣子，现在是一个也不剩了，连叶子也落尽了。"

作家李广田写过一篇叫《枣》的小说，里边有个穿着土蓝布褂子背着粪筐拾粪的傻子，见人就说："俺吃枣。"枣是甜的，他知道。他吃过枣，所以，他固执地认为，枣是世界上最好吃的东西。他愿意吃更多的枣，愿意得到更多的枣，愿意看到树上垂挂着更多的枣。他遇到绿衣邮差说："俺吃枣。"他遇到打柴人说："俺吃枣。"也许，对于他来说，没有比吃枣更快乐更幸福的事情了。

20世纪30年代,沈从文在北京的居所是个小四合院,院里墙角处有两株树,一株是枣树,另一株不是枣树,是槐树。具体地址应该是西安门达子营胡同吧。沈从文给自己的小院起了个名字,叫"一枣一槐庐"。他说,终日有细碎的阳光透过树枝洒进小院,偶有麻雀栖在枝头。显然,那段时间,沈从文的心情不错,他将一个红木小方桌搁在枣树下,清早就开始写《边城》。看来,最先读到《边城》的,不是张兆和,而是树上那些枣子呢。

枣树凝聚的是人的感情,是活生生的做人的道理。枣树见证了历史和变迁,见证了人世间的喜怒哀乐、悲欢离合。前些年北京人艺上演了一出话剧《枣树》。剧情大致:在一个普通的大杂院,有一棵枣树,这是老奶奶在当年结婚时和老伴亲手种下的,两个人精心呵护,这是他们爱情的见证。风风雨雨五十年过去了,小两口变成了老两口,这棵枣树也变得粗壮繁茂。前几年,老爷爷去世了,老奶奶独自照顾着这棵枣树,每年秋天打下的枣子分给全院的邻居,每到夜深人静,她独自一个人站在树下喃喃自语,人们知道那是她和老爷爷说话呢。然而,小院要拆迁了,枣树保不住了,老奶奶知道之后失魂落魄,整日怅然若失,望着这棵枣树发呆。

碛口的枣林并不规则。东一棵,西一棵,坡上五六七棵,沟涧里七八九棵。成片成片的枣林也是有的,主要在黄河岸边,呈条状带分布。枣树从不浮躁,耐干旱、耐贫瘠,也能耐得住寂寞,具有可贵的韧性。最有活力的当然是那些壮年的枣树,干若铁臂,枝似虬龙,一派挺拔向上的气势,结的枣子也是又多又大。不过,一般而言,枣树的长相很粗糙,疙疙瘩瘩,树皮灰褐色,条裂,枝条韧而不折,且长满利刺。

枣木是极有性格的。木质坚硬,虫不易蛀,古代刻书多用枣木雕版。我父亲是木匠,他使用的刨子就是用枣木做的刨床子,颜色暗红,天然而细密的纹理,愈用愈是光亮。他躬身弯腰,双手用力向前推刨子的侧影,我是那么熟悉。嚓!嚓!一卷一卷的刨花就从刨眼里开出来了。

碛口老街上有一家木雕店,专门做枣木梳子。我们光顾那里时,一位光膀子的师傅正在专心制梳。只见店里柜台上摆放着各种各样的枣木梳。枣木做的梳子,梳头时不产生静电,不伤头皮,能促进脑部血液循环,能乌发,能醒神健脑。《本草纲目》中就有"能通经脉、令发易长"的记载。枣木,那硬而沉的木质,特有的纹理和颜色,正好适合制作枣木梳。枣木做的梳子真是个好东西。

我们就要告别碛口古镇时，在老街的拐角处，遇到一群孩子正在玩对对歌游戏。

出东门，

过大桥，

大桥底下一树枣。

拿着杆子去打枣，

红的多青的少。

四五六七八个枣，

一个枣两个枣三个枣。

一边大一边小，

一个西瓜一个枣。

大的大小的小，

一棵大树一根草。

童趣和天真是多么美好啊！我也禁不住拍起了巴掌。晚霞映照下，枣树衬托着的碛口别有一种韵味。碛口人拥有属于自己的那份快乐和幸福。

我隐隐感觉到，碛口古镇除了粗糙厚实之外，似乎还有某种力量在暗暗传递。虽然我无法知晓这种力量来自何处，但可以肯定的是，碛口人那殷实的小日子及其属于自己的那份快乐和幸福，一定跟红枣有着某种必然的联系哩！

　　红枣，红枣，红枣。柳条簸箕里晒的是红枣。

　　红枣，红枣，红枣。柳条笸箩里晒的是红枣。

常山胡柚

衢州常山,是著名的胡柚之乡。在中国,仅有这一块地方产胡柚,真是奇也。胡柚是一种有趣的鲜果,生长在南方这个特定的经度与纬度之间,却偏偏穿着说厚不厚,说薄不薄的棉衣。看来,那棉衣不是防冻,而是另有功能了。就像海南三亚的街头美女光着大白腿穿着雪地靴漫步,眼睛忽闪忽闪弄得人浮想联翩,你说那雪地靴是什么功能?别问我,问我我也不知道。

去年十一月初,应衢州作协许彤之邀,我到常山走动了一番,感受到了胡柚给常山人带来的喜悦。在常山,山岭上的胡柚多得碰头,要弓腰俯首才能穿行。偶尔,有求欢的鸟从这个枝上跳到那个枝上,叫上几声,然后隐入密密的树丛后面,不见了。浪漫的空气中弥漫着淡淡的芳馥,如入仙境般美妙。我忽然想起一句诗:"我喜欢听鸟歌唱,如果它不歌唱,我就在树下等它开口歌唱。"不过,我可没时间等鸟歌唱,因为在常山,倾听胡柚的故事胜过鸟的歌唱。

常山人自己戏称胡柚是"自备冰箱"的鲜果。自然温度状态下，胡柚可以放置长达七个月的时间。味道不是越放越糟，而是越放越美。好家伙，这不是给马云准备的吗？淘宝别乐抽了呀！有了"自备冰箱"，全世界任何角落的人不都可以吃到胡柚了吗？我这么笨的人都能想到，马云能想不到吗？事实上，马云早盯上胡柚了。我看到，在常山的乡间，淘宝的网店就设在胡柚园旁边，比比皆是，方便极了。你想吃哪个园子里哪棵树上哪个果，手指轻轻一点鼠标，就等着吃吧。哎呀，这世界怎么变得这般美好啊！

胡柚是柚子与柑橘合谋的产物。比柚子小，比柑橘大，像橙子，却跟橙子没有关系。荔枝是甜的，但甜得太猛烈了，猛烈得能要人的命。柠檬是酸的，但酸得太端庄了。黄连是苦的，但苦得太粗鄙了，粗鄙得能把人的胃掏出来，扔出地球。胡柚则有一种圆融的本领，把甜酸苦融合在一起，创造出一种独特的味道。那就是——酸甜适度，甘中微苦。我孤陋寡闻，还真说不出来，除了胡柚，还有什么鲜果有这种本领？

总体来说，胡柚性凉，清凉祛火，镇咳止痰，能排除体内的毒素。像李逵、鲁智深这等性格鲁莽、暴烈之徒，火气大、脾气大，那是因为没吃过胡柚，如果连吃一段时间胡柚试试，性子一准温和了,火气也会自生自灭,看啥啥都顺眼了。而颇具大唐气质的女生们,对胡柚更应该是青睐无比,喜欢得找不到理由了。因为告别大唐跟杨贵妃说再见,每天吃一个胡柚就行了,何必抽脂刮油剜肉瞎折腾呢。

淳朴的常山人打理胡柚遵循的是生态法则,一切顺从自然。不施农药,不用化肥,全靠力气和汗水。在胡柚林里养鸡,鸡在林下欢天喜地。鸡四处乱跑,抓虫擒蛾,驱病除害,无拘无束,想怎么着就怎么着。不过,鸡粪的味道实在不能恭维,跟啥似的。哈哈哈,还是不要说出来吧。可是,跟啥似的鸡粪却可以肥树,肥果,肥柚农。

要说地球上,只有常山产胡柚,这话似乎也不完全对。早在1825年,葡萄牙人从常山的青石乡胡家村把胡柚引种到同纬度的美国佛罗里达,胡柚居然很适应那里的土壤和气候,长势很好,果子的味道也不赖。不过,人家不叫胡柚了,而是叫西柚(也叫葡萄柚)了。转了一圈,再转回中国,那可是身价倍增了。像我这点稿费收入的人是吃不起的。在北京的超市里,我见到过这种傲慢的西柚,只是远远地看着。当然,阔绰的吃货们是不在乎价钱的。吃,照旧。不过,吃也要吃个明白,西柚的祖籍在中国的衢州常山。吃货们,知道不?

吃胡柚是有讲究的。不得法的话,吃到的都是苦。由此,你会断然说，胡柚不好吃，太苦！然而，你错了。

还是让许彤告诉你吧，她可是吃胡柚长大的。更主要的，她有一双灵巧的手，除了能写好文章，还善做美食。一个胡柚到手后，先去掉那层棉衣（胡柚壳），里边会露出一层棉絮状的薄囊，薄囊包着的就是肉，一瓣一瓣的肉。注意啊，许彤说那层薄囊也是可以吃的，但是可别嫌苦啊！其实，胡柚的一切秘密就在那层薄囊上。打个比方吧，那层薄囊就相当于暖水瓶的胆，其作用就不言而喻了。撕去薄囊，吃一口，先微酸，后微甜，接着，淡淡的酸甜苦的感觉就出来了。棉衣也别扔呀，会过日子的许彤说，棉衣可以和冰糖一起，用小火熬煮六十分钟后，再舀入蜂蜜，金黄、油亮的胡柚蜜茶便炮制而成了。她说，味道真不是一般的好！我没吃过，不能乱说。许彤说好，就应该是好了。她还郑重其事地说，未打过蜡的胡柚皮与川贝、冰糖炖出的汤汁，堪称镇咳化痰的特效药。

唉，胡柚真是尽吸天地之灵气，幽谷之精华，深得阳光的朗照和雨露的滋润，绵长而深厚啊！常山人真有福气。

回京前的那个晚上，我拿起一个胡柚，漫不经心地剥着那层棉衣，剥掉剥掉统统剥掉，那层薄囊也未舍得扔掉，然后连同一瓣一瓣的肉吃下去。当我一边翻阅梭罗的《瓦尔登湖》，一边回味着胡柚那独特的味道时，猛然间获得了一个重要的启示。

当甜和酸太容易得到时，微微的苦就是一种难寻的境界了。过度的甜，会使我们忘乎所以；过度的酸，会使我们意志消沉。唯有微微的苦，才会使我们的头脑清醒，激励我们去寻找快乐和幸福。

这不是名人说的，是我说的。

蓝莓谷

我有个朋友，叫大潘。喜欢耕作，喜欢农事。

前些年，发达了的大潘在辽东的一座山谷里种了两千亩蓝莓。那座山谷在金狐岭与龙山之间，名曰：蓝莓谷。头发有些卷曲的大潘，曾在美国留学多年，对蓝莓一往情深，做事风格也很浪漫呢。不想，蓝莓挂果后，大潘怎么也浪漫不起来了，因为麻烦来了。不是被贼人惦记上了，而是被贼鸟盯上了。喜鹊、野鸽子、野鸡、呱呱鸡轮番来蓝莓园里偷食蓝莓。派人天天巡护，敲脸盆、敲铜锣、放鞭炮，弄得那些野兔、松鼠、猞猁、狗獾倒是惶惶然，但对那些贼鸟，却不起多大作用。它们飞去飞来，悄无声息。呀呀，真是讨厌极了。

起初，大潘还扎了些稻草人，手里挥着彩色布条，动作僵硬地立在蓝莓园里，吓唬鸟。结果，三天就被贼鸟们识破了。偷食，照旧。有人出主意，说贼鸟怕鹰，鹰是贼鸟的天敌，鹰一叫，贼鸟就吓跑了。于是，大潘就用录音机录制了鹰叫的声音，用喇叭一遍一遍地播放。果然，贼鸟们一听到鹰叫，吓得腿都直哆嗦，见草丛、蒿丛、灌木丛就钻进去，哪怕半截屁股露在外面也不顾了，半天不敢出来。蹲在蓝莓园里的大潘，见此情形，嘿嘿直乐。这招儿管用了一段时间。后来，贼鸟们还是发现了问题——光是日日听鹰叫，也未见鹰来呀？胆子大的贼鸟就试探着出来，呀哈，也没有什么危险呀！偷食，照旧。又有人出主意了，说架拦网吧，把蓝莓园四周用网围起来，用拦网粘贼鸟。天罗地网，来偷食蓝莓的贼鸟，定叫它有来无回。也有人说，投毒药吧，这招儿狠，让那些贼鸟也付出点代价，长长记性。主意倒都是管用的主意，可这样会危及那些鸟们的生命啊！大潘考虑了两天两夜，最后摇了摇头。

　　大潘被贼鸟们折腾得疲惫不堪，可狠招儿就是不忍心出手。好心的朋友给他发去短信："你总是心太软，心太软，独自一个人流泪到天亮。"木屋里的大潘看了一眼那条短信，又看了一眼窗外的蓝莓谷，没言语。

　　唉，可怜的大潘呀！头几年挂果的蓝莓基本都喂鸟了。甚至，饱食蓝莓后的贼鸟们拉出来的屎，一粒一粒，也都是蓝色的呢。这不是叫板吗？大潘气得够呛，眼看着自己的蓝莓梦就要破灭了。

　　贼鸟的偷食问题没解决呢，野猪也来凑热闹了。每当蓝莓成熟季节，附近山林里的野猪，时不时下山拱食蓝莓，弄得狼藉一片。这些嘴巴尖尖，面相粗鄙的丑家伙，比精明的贼鸟们更具有破坏力。为了使那些蓝莓免遭野猪的祸害，大潘不得不在蓝莓园旁边种了几亩地瓜。因为同蓝莓比起来，野猪更喜欢拱食地瓜。那东西脆生生，甜丝丝，有嚼头，味道也不错，嚼着过瘾，嘎吱嘎吱！从此，野猪不再光顾蓝莓园了。

不过，日久天长，大潘也还是发现了两个秘密。其一，那些贼鸟们吃的更多是蓝莓树上的虫子，贼鸟经常作乱的蓝莓园从不发生虫害；其二，野猪并非经常下山捣乱，而一旦下山拱食地瓜，天必要下雨，比电视上的天气预报还准呢！

渐渐地，大潘与那些贼鸟们及野猪之间似乎达成了一种默契。蓝莓园里的虫子全归鸟吃，而蓝莓果三成归鸟吃，七成归大潘收获。贼鸟们想贪嘴多吃，都已经不可能了。因为忽然有一天，蓝莓谷的上空真的来了鹰。不守规矩的贼鸟，必被鹰擒之。鹰，成了蓝莓谷的王。哈哈，大潘无为而治，每年买农药的钱也省下了。防虫治虫的事情就全由鸟们去打理了。而发现野猪下山拱食地瓜呢，他就赶紧把山上的水沟水渠疏通了，大雨来时，雨水全都从容地淌进水塘，一点儿不浪费。待天旱时，水塘里的水汲上来，正好浇灌蓝莓。水费省了不说，也不用费劲巴力去远处运水了。

故事并未停歇,一切刚刚开始。

在这里,自然的行为和界限常常被跨越,有时甚至反转过来。野鸡与喜鹊之间也会发生打斗,野兔被喜鹊追得到处乱窜,松鼠常跑到喜鹊的巢里睡觉,猞猁被狗獾逼得倒着爬树,蚂蚁竟然成了狗獾的美食。

湛蓝的天空下,蓝莓谷充满着生命的律动。自然法则与经济法则在这里相互叠加,并且生成出许许多多的意外和惊喜。

是呀,时间会改变很多事情。蓝莓谷有了自己的逻辑,在繁杂中秩序井然,逐渐形成了稳定的生态系统。大潘的脸上重新挂满了笑容,在蓝莓园里劳作时,还偶尔用英语哼上几句《蓝莓之夜》的主题曲:

I don't know how to begin

我不知道如何开始

Cause the story has been told before

因为故事早已被诉说

I will sing along I suppose

我想我会继续歌唱

I guess it's just how it goes

我猜这只是它继续的方式

啧啧,我的朋友大潘还是那么浪漫啊!本来嘛,蓝莓拒绝一切与美与善无关的事物。

如今,大潘的蓝莓是辽东一带品质最好的。个儿大,甜口儿,白霜厚,粒粒饱满。蓝莓谷闻名遐迩了。

黔之刺梨

刺梨长相粗鄙古怪，是植物中的刺猬吧。

黔地，刺梨陡然长满山坡、沟谷。若干年的刺梨长在一起，高矮错落有致，新枝老枝叠加，逻辑分明有序。然而，刺梨树的个体都很任性，每一棵都长得歪歪扭扭，自由随意。每一束枝似乎都在乱长，每一根杈似乎都在胡伸。地下的根是密密麻麻的，长根勾着短根，粗根勾着细根，短根勾着粗根，细根勾着长根，根与根勾连着，织成一张巨大的网。这张网网住了地下的鱼，地下的虫，地下的水；这张网网住了清晨的露珠，跳跃的鸟鸣，夜晚的星星。

刺梨，又名木梨子、山王果、刺莓果，别名刺菠萝、送春归。蔷薇科，蔷薇属，为多年生落叶丛生小灌木，因果形似梨且表面密生小肉刺，俗称刺梨。刺梨不是带刺的鸭梨，不是带刺的雪花梨，不是带刺的库尔勒香梨。刺梨就是刺梨。按说，刺梨是没有疆域的，可出了黔地，就鲜见它的踪影了。

　　清代《黔书》是这样描述刺梨的："实如安石榴而较小，味甘而微酸，食之可以解闷，可消滞；渍汁煎之以蜜，可作膏，正不减于梨楂也。"刘善述《本草便方二亭集》曰："刺梨甘酸涩止痢，根治牙痛崩带易，红花甘平泄痢止，叶疗疥金疮痫。"看来，刺梨真是个好东西。

　　刺梨树的叶子是葱绿色的，新叶和嫩芽是浅绿色的，看上去一片生机盎然。当然，刺梨花必须说了，四至六月开粉红色、红色或深红色的花，花瓣一般五瓣，花蕊是黄色的。花季，从山脚到山顶，从沟边到天边，刺梨花开得像梦一样。好美。

　　刺梨树喜欢丛生，一棵树望着另一棵树，才踏实，安稳，自信，有底气。刺梨与刺梨相拥相簇着，当老枝眼看要黄时，却又有了青的意思了。枝条上也长着密密的小刺，小刺是深褐色的。看刺梨的枝条便知，一个季节完结的时候，另一个季节却又开始了。

　　吃刺梨需要耐心，要等。刺梨植苗后至少要等上五年时间，才能进入盛果期。当然，三年也有挂果的，但黔人怕树累伤，就干脆把花疏掉了。这叫憋性。让它攒劲儿，到了那个火候，才准它敞开结果。这是黔地朋友陈石告诉我的。陈石从小吃刺梨长大，性格也如刺梨，幽默有趣。

清道光年间，一个叫吴嵩梁的人在黔地做官，估计对自己做官的地方很是满意，原因就在于此地有刺梨。他写道："新酿刺梨邀一醉，饱与香稻愧三年。"瞧瞧，吃三年稻米不抵喝一次刺梨酒痛快、尽兴。或许，就是这个意思吧。

刺梨每年九月成熟，满山满岭金黄一片。刺梨果实多为扁圆球形，金黄色，间或略带红晕。一副顽童做事做错了害羞的样子。刺梨的维生素C含量极高，还没有什么水果能超过它。是苹果的五百倍，是柑橘的五十倍，是猕猴桃的十倍，具有"维生素C之王"的美称。刺梨果鲜食居多，也制成果脯、果干，也可以浸酒。刺梨酒芳香醇厚，晶莹剔透，长期饮用可防治痛风，清肺润脾。在黔地，"天刺力"和"山王果"桶装刺梨汁、发酵酒及果脯闻名遐迩。据黔南州林业局干部、刺梨专家陈梅介绍，刺梨的抗性极强，抗衰老抗过敏，防癌症。她说，刺梨还有治疗坏血病和排铅的作用，也有治疗口腔炎症和脚气病的功效。有道是："刺梨上市，太医无事"。

吃刺梨要先去掉小刺。怎么去掉呢？可把几个刺梨攥在手里揉搓，也可放进器具里揉搓，借用个体与个体之间的摩擦力，而除掉小刺，然后用清水冲洗一下，就可以吃了。当然，这是文雅的吃法了，事实上，当地人根本不用除刺，吹一吹，就吃了。吹什么呢？我问陈石，陈石说他也不知道，先人就是这么吹的，就沿袭下来了。头一次吃刺梨，有一种涩涩的感觉，就像舌尖触电一样，令人龇牙咧嘴。涩涩的感觉一过，就是微微的酸和丝丝的甜了。刺梨的果肉爽脆。不过，果肉里面的籽儿像石榴籽一样硬，也是要抠出去的，不然会硌牙。当然，不怕硌牙的话，也可以不抠。

临别黔地时，黔地另一位朋友唐军给我出了道布依族谜语：

一个金罐罐，装着硬饭饭。不吃硬饭饭，要吃金罐罐。

我笑了，还用猜吗？说的就是刺梨嘛！

图书在版编目（CIP）数据

穿山甲 / 李青松著. — 郑州：河南人民出版社，2019.7
（绿水青山生态文学书系）
ISBN 978-7-215-11928-4

Ⅰ．①穿… Ⅱ．①李… Ⅲ．①散文集－中国－当代 Ⅳ．①I267

中国版本图书馆CIP数据核字（2019）第145145号

河南人民出版社出版发行
（地址：郑州市郑东新区祥盛街27号 邮政编码：450016 电话：0371-65788067）
新华书店经销　　北京盛通印刷股份有限公司印刷
开本　880毫米×1230毫米　1/32　　印张　8
字数　143千字
2019年7月第1版　　2019年7月第1次印刷

定价：38.00元